ぎんちゃんの生きとし生けるものとの対話

黒《くろ》沢《さわ》賢《けん》成《せい》

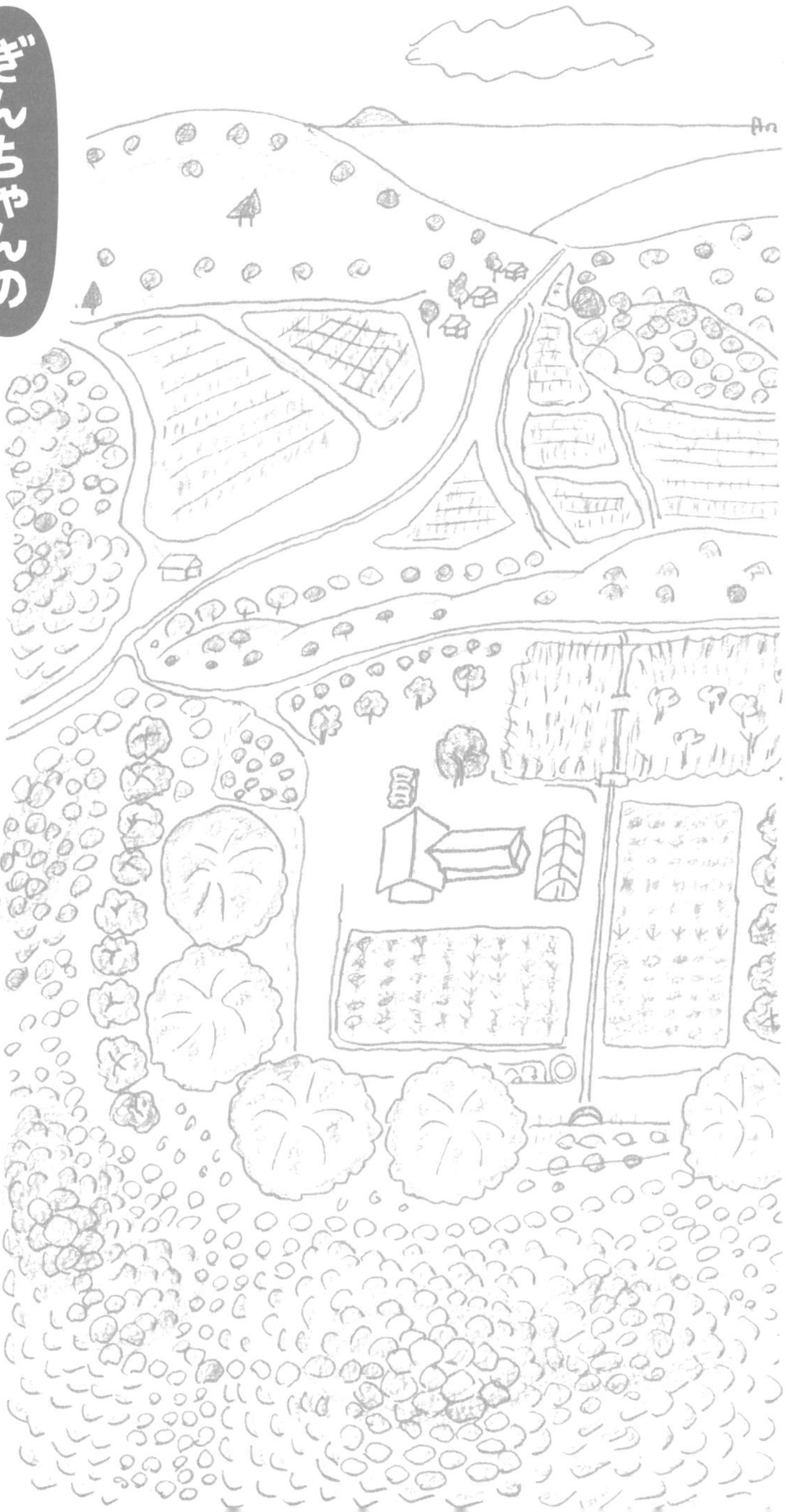

幻冬舎MC

ぎんちゃんの
生きとし生けるものとの対話

もくじ

一　はじめに

今年の夏で六十五歳になった。四年前から農業を始めた。といってもアルバイトである。都市部だが、まだ昔からの田畑が残るところで、神社や古民家の森も幾らか点在する。田畑は農業振興の政策もあり、これ以上は減少しないだろうが、増加も期待できない。古民家の森も、世代交代で再開発の犠牲になってしまうだろう。田舎育ちの私には、この景色が変わるのが残念でならない。

畑で作業していると、面白い出来事に遭遇する。

カラスが、毛を逆立てて首を上下に振りながら、ガーッ！ガーッ！と威嚇してくる。「俺の縄張りに入ってくるな！」といっているのだろう。最初は脅して追い払っていたが、途中から、いとおしくなり、「ここは私の畑です！」と笑い飛ばす。時には、トラクターを畑に入れようとすれば、「早く畑を掘り返せ！」と言わんばかりに近くに寄ってくる。

掘り返すや否や、虫をあさっていて、知らん顔の様子だ。可愛い！

蝶が、野菜の畑を、お構いなしに雌の取り合いで、四羽、五羽が狂ったように飛び交う。見ていて疲れる速さだ。近づくと、正しく「邪魔するな！」と思える威嚇接近を見せる。

蛇が、畑の中で謎の死を見せる。カラスのいたずらなのか、それとも、この森のハクビシンにやられたかわからない。

カエルが畑にいっぱい入り込んで、虫をあさっている。有難いから、敬意をこめて「カエルさん」と呼ぶ。

蚊に悩まされる夏は、興味深い。活動範囲が狭い蚊は、ここで我ら人間を見つけて、狂ったように追いかけてくる。どれくらい美味しい血なのか知りたくなる。

こんなことをやっていると、生き物たちのささやきが伝わってくるような錯覚を覚える。いや、生き物の嘆きかも知れない。「棲みにくくなったよ。人間は邪魔しないでおくれ」と言っているようだ。これが、この文章を書くきっかけであり、社会風刺はしたくないけど、若干の問題提起にはなるかもしれない。生き物の代弁者となるべく、少し生き物を利用させていただき、寓話として対話をまとめました。

主人公は定年退職後のいぶし銀の男、いぶしぎんじ。生き物との対話を通して共生してゆくことが大事と悟り、生き物たちと一緒に都会から田舎の自然の中に夜逃げします。そして、新しい自然の中で、命を繋いでゆくお話です。
子供から大人まで楽しめる話ですので、御一読ください。

令和二年秋

黒沢　賢成

二　カラスさんとの対話　その一

「ぎんちゃん、こんにちは！　元気ないね。なんかあったのかな？」

大きな木の枝の上から、ぎんちゃんの様子を見ていたカラスは話しかけました。畑で白菜の収穫をしていたぎんちゃんは、虫に食われて穴ぼこだらけになった白菜をもって、がっくりと肩を落としていたのです。

「カラスさん、こんにちは。よく見ているね。悩んでるのがわかったの？」

「イライラしているよ。怖いくらいの怒りが伝わってくるよ。良くないね」

そう。ぎんちゃんは悩んでいるというより、怒っていたのです。それをカラスは見抜いていました。ぎんちゃんは思い切って打ち明けました。

「聞いてくれるかい。カラスさんに相談したいよ。蝶さんや蛾さんの幼虫やナメクジさんが白菜の中まで入り込み、売り物にならないんだよ。これまでに作った物の半分は食い荒らされてしまった！　まったく怒りたくなるよ！」

腰を下ろしたぎんちゃんの、その近くにちょこんと降りてきました。

「ぎんちゃんは、殺虫剤散布をギリギリまで減らしているよね。皆が感謝してるけど、ぎんちゃんには、死活問題かね」

「無農薬野菜が食べたいという人達のために一生懸命作るけど儲からない。自滅だよ。無農薬の有機栽培が商売になるとは思えない」

カラスは小さな頭を傾け、少し考えてから言いました。

「ぎんちゃんは何で悩むの。儲からないから？　芋虫さん、ナメクジさんに怒ってる？　無農薬野菜が食べたい人に怒ってる？　虫も寄りつかない野菜が旨いと思っているの？　ぎんちゃんの野菜は、プロの料理人から評価されているんだろ。露地栽培（注釈1）で日光をたっぷり浴びた強い野菜を作ってよ」

複雑な表情のぎんちゃんに、カラスは畳みかけるように言いました。

「旨いと言ってくれる者を優先しなよ。芋虫さんやナメクジさんを責めてもしょうがないよ。旨いんだから」

「強い野菜って良いね。カラスさんは本当に賢いね。だけど強くなりすぎると不味くならないかい？　野草になっちゃうよ」

「大丈夫だ。野菜もその限度を知っている。それを見極めなよ。そうすれば収穫量も分かるだろ？」

「野菜本来の力を期待ですかね。わかった。やってみるよ」

いつのまにか、ぎんちゃんはいつもの笑顔に戻っています。

「ところで、カラスさんは白菜を食べないね。どうして？」

「水っぽい野菜は好きじゃない。キュウリの小さいものやトマトの甘いものは食べる。空豆が最高の味だね」

「贅沢だね。今度、味見をお願いするよ」

「嫌だよ！　ぎんちゃんの目を盗んで野菜を食べるのが最高の味だからね」

カラスは自信満々でぎんちゃんの顔をのぞきこみます。ぎんちゃんはおかしくなってカラスに不満を言う気もありません。でも、自分がいっしょうけんめいにつくったトマトや空豆をカラスに食べられるのはやっぱり悔しい。だから言ってやりました。

「そのいたずら好きを止めなよ。そうすれば好きになれるんだけど！」

ぎんちゃんが言い終わらないうちに、カラスはパッと飛び立ってどこかへ行ってしまいました。

注釈1　露地栽培

温室や温床などの特別の設備を使わず露天の耕地で作物を栽培する農法。

（ブリタニカ国際大百科事典抜粋）

二　カラスさんとの対話　その二

「カラスさん、たまには話をしましょうよ。いつも立ち止まって、にらめっこばかりでしょ」

ぎんちゃんがカラスに話しかけました。

「違うよ！　生まれつき斜に構えてみる癖があるんだよ。睨んではいないよ」

というカラスの目つきは、やっぱり睨んでいるように見えます。

「身構えるから話せないよ」

「しょうがないよ。意外に臆病なんだから」

カラスが臆病と聞いて、ぎんちゃんは驚きました。

「ところで、カラスさん、聞きたいことがいっぱいあるんだけど。カラスさんの子供への教育熱心さとか、集団生活の心地よさ悪さとか、争いの多さとか、住みやすい土地とか…、食べ時を知るグルメのカラスさんの味覚というか臭覚なども聞きたいよ」

「厄介なひとだな。結構、俺らをみているね。地面に這いつくばってるから、知らな

いかと思ってた。何からいくかね？」

「教育熱心さには興味あるね。カラスさんはまるで喧嘩しているように、青空の日に子供を追い回すね？　あれは何の訓練だい？」

「縄張り争いには喧嘩がつきもんさ。相手を威嚇するには、素早く追い詰めて力を見せつける。これが最大の防御さ。それを空中戦で教えるのさ」

　カラスの世界でも「攻撃は最大の防御」という考え方があることを知って、ぎんちゃんはまたまた驚きました。

「それに餌の捕り方も教えるのよ。狩りが上達したら、子から親への口移しの餌やりを教える。人間が、烏《からす》に反哺《はんぽ》の孝あり、と言ってるやつさ。烏が雛の時に養われた恩に報いるため、年老いた親の口に餌を含ませて返すんだ。本当は、生きるための教育さ」

「カラスさんは本当に賢いね。人間の親子みたいだ。そして、集団生活を大事にするよね。何故だい？」

「自分を守るには、集団のほうが楽だからさ。人間と同じだよ。悪い奴は追い出すし、よそ者は排除する。だから、定住できる」

ぎんちゃんはますます感心しています。

「ところでカラスさんの鳴き声は朝からうるさいが、何を話しているんだい？」

「うるさい、とは気分悪いね。仲間との連絡網があって、遠くの仲間にも聞こえるように、大きく鳴くんだよ！　しょうがない。縄張りが広くてね」

「この前、カラスさんの子の失敗を見たけど、親が教えてなかったのかな、と笑ってしまったよ」

「なんだい、失礼な言い方だね。人間に笑われるような落ち度は無いよ！　自尊心が傷つくね」

カラスはますます斜に構えて、ぎんちゃんを見上げます。

「ごめんごめん。いや、何があったかっていうとね、近くに、ラーメン屋があるよね。朝に残飯のごみがいっぱいネットに包まれて置いてある。カラスさんの集団が集まり、隙間からなんとか食べようと突っついていると、一瞬、隙間がネットにできて、小さいカラスさんが入り込んで餌をがぶがぶと食べ始めたんだ。しかし、ネットが塞がってしまい出られなくなってね。子はバタつき、泣きわめく。そこへ親らしきカラスが逆立って、早く出ろ！と泣きわめく。周りにいたカラスは、怖がって逃げ出してしまい、誰も助けなかったよ。集団生活なのに、他のカラスは冷たいのかと、人間みたいでつい笑ってしまった」

「ウーっ！　悔しいが、事実だ。カラスは結構、自分の身の危険を感じると皆逃げる。親子の関係が辛うじてあるが。人間もそうかい？」

ぎんちゃんは腕を組んで考えました。

「もっと、ドライかもしれない。仕事の関係で相手に思いも寄らず裏切られた、という残念な気持ちが時々あるから。集団生活の宿命かね！」

ぎんちゃんとカラスは向き合ってお互いの顔をじっと見てしまいました。

「変なところで共感しちまったな。面白い人だな、ぎんちゃんは」

しばらくして、ぎんちゃんが言いました。

「次回は、さいたま市は住みやすいか？でよろしく」

「なんだね、それは」

「人間と同じような感性をカラスさんは持っているから、力を借りて、地価の上昇を予測したくてね」

「ずる賢いカラスかい、ぎんちゃんは」

カラスはそう言って、びっくりするほど大きな声でカーッツと鳴くと、どこかへ飛んで行ってしまいました。

二　カラスさんとの対話　その三

「おはよう、ぎんちゃん。今日もいい天気だ。体がゆるむよ。さあ、昨日の話の続きをしようか」

「カラスさんから声を掛けるなんて珍しいね。どうしましたか？」

カラスの機嫌を損ねないよう、ぎんちゃんの言葉遣いはていねいです。

「なんだよ。カラスは好奇心が旺盛だから、どんどん確かめたくなるんだよ。早く、さいたま市のこの地が住みやすいか、とか話そうよ。ワクワクするよ」

「乗り気だね。なんかたくらんでないかい？」

「バカにするな。餌が多くなりそうな場所を聞こうなんて思ってないよ！」

カラスの口から思わず本音がポロリ。ぎんちゃんはニヤリと口角を上げました。

「そうだね。そんな感じの相互の利益で話そうよ」

「だましあいは無しだよ！　ぎんちゃん」

カラスは慌てて言いました。

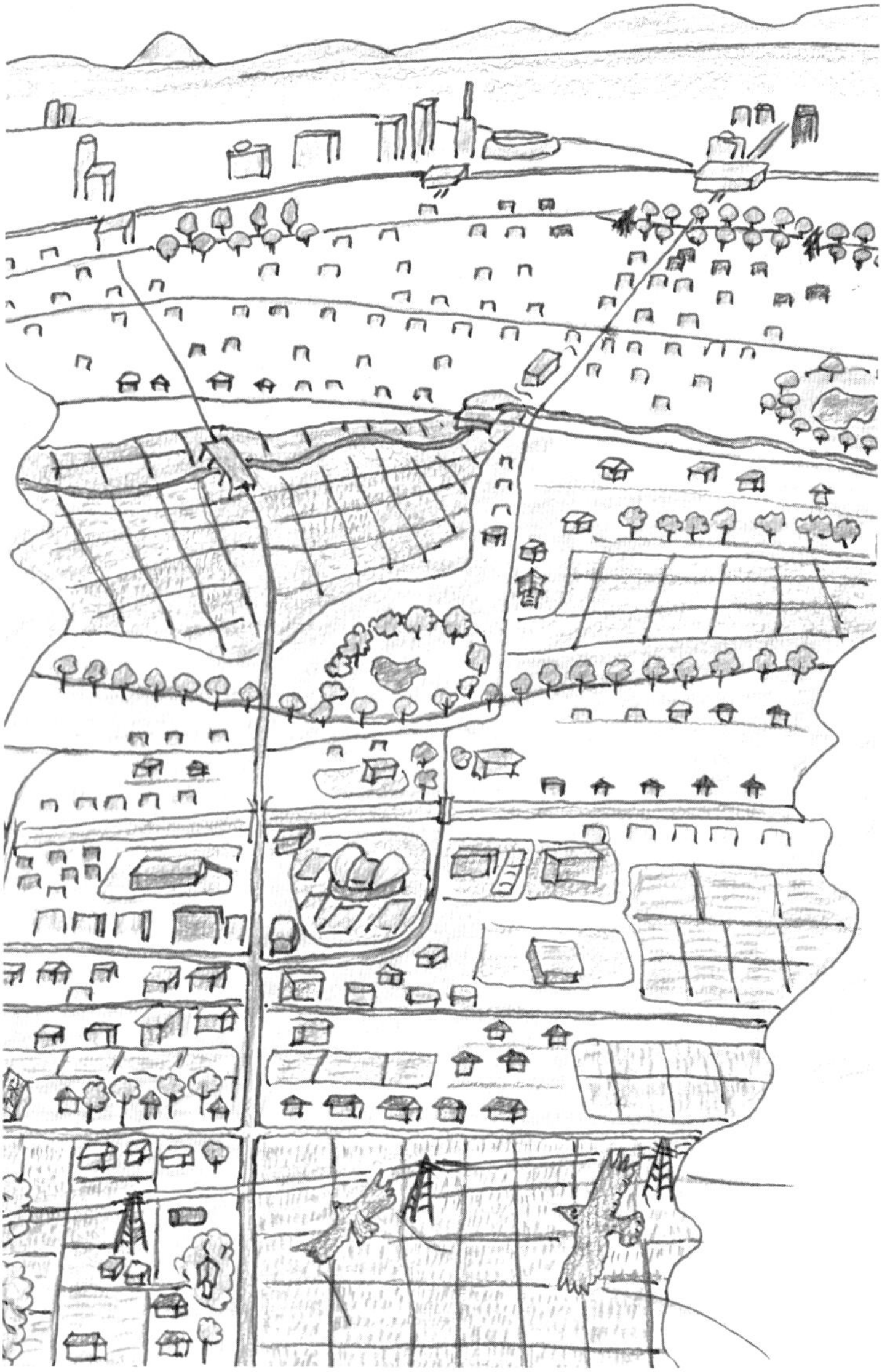

「では、カラスさん、さいたま市は住みやすいかい？」

「ビルが多い市街地は、森が少なくてだめだね。食い物はあるが、人間が多くて邪魔だ」

「カラスさんが住みやすいのは、森と住宅地かい？」

「本当は、森、畑、田んぼ、住宅地が一緒にあると良いね。ねぐらと餌が一年を通してあるから」

意外としっかり考えているんだなあ、とぎんちゃんは思いました。

「市街地のカラスは人間を恐れないね。平気で歩き回って、餌を漁っているよ？　何故だい？」

「本来、警戒心が強いが、完全に麻痺しているんだ。都会の人間はカラスを追い払わない。利害関係のない人ばかりだから、カラスは平気になる。この平和な土地のほうがビクビクするよね。ぎんちゃんは野菜泥棒！と怒鳴るし、猫もいる。地上は注意するよね」

カラスは「やれやれ」といった表情で話します。

「知らないよそ者ばかりの土地は良くないね、確かに。やはり、このあたりが住みやすいということなのかね？」

「ビルと幹線道路が近いと良くないね。ビルは暑い、車はうるさいしね。夜、寝られない。自然があって、幹線道路から外れたところで、そしてレストランが程よくあるといいね。ラーメンは最高にうまい！　脂ぎった残りかすは体に染み渡る。結構、この辺のカラスは大きいだろ。色艶もいいし、高脂血症かね」

「不健康じゃないか」

「だから、栄養バランスを考えてよく、ぎんちゃんの野菜を、口直しにいただくのさ。悪いね」

ぎんちゃんはカラスが「高脂血症」とか「栄養バランス」と言ったことがおかしくて、自分の野菜が「口直し」にされていることに怒る気力もありません。

「この辺は、交通の便は良くないけど、住むには快適だね、確かに。便利なところは知らない人が増えるから、良くないね。分かった、カラスさんありがとう」

「駅前のカラスは、人間の繁華街にたむろする怪しい者と同じだよ。食い物がなければ、他に行く流れ者さ」

「人間と同じか。ラーメンはやめときな。カラスじゃなくなるよ。肥って飛べないカラス、にわとりカラスかね」とぎんちゃんはカラスをからかいます。

「カラスも人間に飼いならされて、餌付けされる時代かね。いやだ、いやだ」

「あることを教えてくれたら、食糧は保証するけど、どう？」

ぎんちゃんは、カラスに交渉を持ちかけました。

「なんだい？」

「地震予知をしてくれたら、いくらでもやるよ！」

「けっこう、分かるから、考えてみるよ」

カラスはそう言って飛び立ちました。

「出来るだけ早くにね。ラーメンは無いよ。ストイックな体でないとセンシングしないだろうから」

ぎんちゃんが飛んでいくカラスに聞こえるように大きな声で言うと、カラスも負けじと声を張り上げました。

「つまんねーっ！　ラーメンは喰いたい！」

二　カラスさんとの対話　その四

「(♪口笛) ほーっほっけっきょ。けっきょけっきょけっきょ」

ぎんちゃんは真剣な表情で口笛を鳴らしています。

「なんだ、なんだ？　この変な鳴き声は？」

カラスは変な音が聞こえてくる方角に耳を傾けて、意識を集中させました。

「(♪口笛) ほーっほっけっきょ。けっきょけっきょけっきょ」

「なんだよ、気分悪いな」

カラスはあたりを見回しました。すると
「ピッピピッピッ！　わかんないのかい、ここだよ」

と、ぎんちゃんがやってきました。

「なんだよ、ぎんちゃんかい。変な鳴き声を出すなよ。びくびくしたよ」

「カラスさんは意外に臆病だね。イタズラばかりするのに。何故だい？」

「イタズラじゃないよ。好奇心旺盛なのさ。ぎんちゃんのやることは、すべて気にな

るから見ているよ。いなくなったら、すぐに何なのかを確認したくなるのさ」

「だから賢くなったのかね。だったら、人間ともっと仲良くできないのかい？　いつも微妙な距離感だね」

ぎんちゃんはもっとカラスと仲良しになりたいのです。今日は思い切ってその胸の内を話してみました。

「地上に降りるのは恐怖なんだよ。空とは違う。凄く慎重になる。地上ではくつろげないよ。鳩さんが不思議でしょうがないよ。なんで人間を恐れないのか」

「人間と協同してきたからだよ。でも、これからはいよいよカラスさんの時代と思ってるよ。もっと協同しないかい？」

「飼い慣らされるのが嫌なのさ。猫さんみたいに、家から出られないのは地獄だよ」

「鳩さんは住み処をあたえられ、昼は自由に飛び回ってるよ。ダメかい？」

カラスは少し考えてから言いました。

「鍵かけられるよ。自由でいて協同があれば考えるが。餌をもらうと従順になっちまうからな。好奇心が無くなる。飼い犬、飼い猫の目は死んでいる。本来の闘争心は皆無だ。人間だって同じだろう？」

「わかるよ。だから対等の協同だよ」

「対価は餌かい。そこで野生の本能がおかしくなる。都会のカラスが、人間の残飯を餌にして食いつないでいるのは情けない。自然の中で生きないといけない」

カラスのなかでも、いろんなタイプや考え方があるのだとぎんちゃんは思いました。

「カラスさんの住める大きな自然保護区かな。難しいけど検討するよ。都会にいて、ここまで近くにいるのだから、互いに協力しないと」

「何をお願いしたいの？」

「地震学者は地震の直前予告はしないから、カラスさんに直前予告をお願いしたいよ。地震前に発生する磁場の変化を感じられるだろう？　お願いするよ」

ぎんちゃんの言うとおり、カラスは磁場の変化を感じることができます（注釈２）。

でも、それを人間のために利用するなんて、いまひとつ腑に落ちません。

「知ってどうするの。どうせ被害が出るのに？」

「カラスさんの感度に近付きたいのさ。生き物としての嫉妬だよ！」

人間って何を考えているんだか。そう思ったカラスはぎんちゃんに言いました。

「相容れない微妙な距離感だね」

注釈2　カラスは磁場の変化を感じられる
科学的証明となる論文を著者は入手出来ていないが、実際の大地震で報告されている
事例から判断して、本文では「感じることができる」とさせて頂く。

二　ぎんちゃんの夢　カラスへの畏怖

農夫は毎日、暑いときも凍える寒さのときも畑に出て作業します。

ある晴れた朝。カラスが頭上で遊ぶかのように、青い空に向かって上昇したり、また急に畑すれすれまで下降したりといった行動を繰り返していました。

「俺に向かって〝羨ましいだろ〟と言っているかのようだ」と、農夫は思いました。かなわない夢だと思いながら、農夫は小声でカラスに向かって叫びました。

「カラスさん、私を背中に乗せて同じことをしてくれないかね！」

カラスは一瞬、振り返って、農夫の頭上を旋回し始めました。気のせいか、カラスがどんどん大きくなっていくようです。いや、本当に大きくなって、グライダーのようになり、静かに着地して言いました。

「我々カラスは、天狗の使者で大きくもなれる。普段の姿は仮の姿だ。理不尽な人間どもは懲らしめもするぞ。お前は毎日毎日、朝から晩までよく働いている。お前の夢とやらをかなえよう。自分の畑を空からよく見るがよい。ただし、落ちるなよ。背中

に乗りなさい。行くぞ」

カラスは、いきなり羽ばたき空高く舞い上がり、先ほど見せたように急降下して畑に墜落するかのように滑空します。これは夢なのか、現実なのか、農夫は頭の中が混乱していました。ただ分かったことは、天狗の使者というこのカラスが、人間に正しい生き方を教えてくれているということ。そんな共感だけを、震えながら感じたのです。

「これで良かったのだ、おれの人生は」

三　黒猫さんとの対話　その一

「黒猫さん、よくこの道を通るね。空き家の住処からのお出掛けかい」

ぎんちゃんに突然話しかけられ、黒猫はビクッとして毛を逆立てました。

「驚かすなよ！　あんた意思疎通ができるのかい。おいらは人間が信じられないから、近づかないよ。野良猫は追い払い、飼い猫はじゃらす。馬鹿にするなよ」

「そうだね。でも意地悪なのは日本人だからだよ。海外では共存しているよ」

「それは本当かい？　どこの国のことだい」

「イタリアだよ。昔、ローマを旅したとき、空港のロビーを同じようなスピードで猫さんが溶け込んで歩いていた。まるで人間なんか気にせずにね。驚いたよ。そして市内を歩いていると猫は人間を恐れないし、人間が猫に優しいのだと、直ぐにわかったよ」

「日本人は、例えば汚い人間を毛嫌いし、近づかせない。助けるというか思いやりがない。いつの時代からこんな感性の人種になったのか考えてみたが、農耕民族がそう

させたのかな、と考えている」

黒猫はぎんちゃんの話を黙って聞いていています。

「江戸時代に村八分（注釈3）という掟があった。村のルールに従わないと仲間外れにする。一見正しいように思えるが、仲間外れにされると、その土地で生きていくのは難しい。結局、いじめられ、追い出される」

「随分と昔の話になっちまったな。それで、あんたはおいらになにが言いたいのかい」

「人間は異質なものを嫌い、同種を好む。安心のために。自分の周りに厄介な者を近づけたくないってことさ。寂しいね」

寂しいね・・・、そう言われた猫は、ぎんちゃんに聞き返しました。

「どうして人間はそう悲観的になるんだい？　あんたの寂しいねって言うのが、わかるようでわからない。おいらは生まれてすぐに森に取り残された。母親の温かい乳が飲みたかったのに。おいらが家から連れ去られるとき、母さんが大声で泣いているのは覚えている。これが寂しいねってやつかね。おいらには感情がわからない。怒りはわかるけど」

「黒猫さんは、生きることが精一杯で感じないだけさ。少し気を許せる仲間ができたら、その感情がわかるだろう」

「嫌だね。迎合して付き合いたくない。一匹でいいさ」

ぎんちゃんは猫の潔さに敬意をはらいつつも、やはり仲間のいる心地よさも知ってほしいと思って言いました。

「猫さんの天涯孤独の習性は否定しないが、必要な猫と組むのも楽ではないかい。人間だって、それほど毛嫌いしなくて近づいてみたらどうだろう。私は猫さんから学ぶことがあるから、一緒にいたいよ。生き抜く強さかな」

「迎合して挙句の果てには捨てられてはたまらない」

黒猫は、以前、人間に捨てられた自分、そして他の猫のことを思い出したのです。

「そのことを予感できる猫さんが好きだよ。私もそんな生き方がしたいな」

「なんか結論のない会話だな。モヤモヤする」

「では、また話しましょうよ。今日は仕事が忙しいから、これまで」

「自分勝手な人だな。猫みたいだ。あんた、名前は？」

「ぎんちゃんと呼んでおくれ。毎日、畑の中にいるから、たまには立ち寄ってよ」

「気分次第だね」

注釈３　村八分
江戸時代以降、村民に規約違反などの行為があった時、全村が申合せにより、その家との交際や取引などを断つ私的制裁。
（広辞苑）

三　黒猫さんとの対話　その二

「黒猫さん、お久しぶりですね。毛の繕いですか。猫さんは、前々から美男美女、お洒落な動物と思っていました。自分でもそう思わないですか？」

畑で働いていたぎんちゃんは、久しぶりに出会った黒猫に話しかけました。

「変なこと聞くね、ぎんちゃん。どうしたの。外見にこだわっちゃうの？」

「猫さんは、得していると思うよ、外見で。人間は、猫さんが大好きだよ。可愛くて綺麗だもの」

「人間に好かれたくて可愛くしている訳じゃないよ。余りしつこくされるのは嫌いだけどね」

「ほかの生き物は皆さん怖い顔しているよ。なかなか怖くて一緒には暮らせない」

「笑えるね。例えば誰だい？」

ぎんちゃんは、少し考えてから言いました。

「蛇さんなんか怖くて無理だよ。噛まれる恐怖があるよ」

「それは失礼だよ。ぎんちゃんの勝手な判断だよ。一方的に嫌うのは良くないね。なんで人間は外見で判断するの？」

「人間の社会生活の宿命だね。他人と上手くやりたいから、少しでも印象が良いように頑張る」

「人は優しそうなふりして、悪いことするんだろう。それは怖いね。外見で怖いほうが良いかな。人は人を裏切るために面を使い分けるのかい？　こまったもんだね」

「外見を気にしすぎて整形手術をする人も増えたよ。かっこよく、また美人になるために」

「だましあって生きてるんだね？　そんなつまんねーことして何になるの？」

「自分の弱点を補い、社会の中で上手くやりたいのさ」

「人間社会の生活は厄介だね。自分自身が分かってない！　〝無意味〟の意味を教えなよ、ぎんちゃん！」

「だから教えてよ、猫さん。あなたは何故にその自然体でいて、愛くるしいのか。あなたの生き方を教えてよ」

　黒猫は人間からこんな質問されて、なんて答えていいのかわかりません。

「自然の中でじゃれあって遊ぶから…かな。いつも、顔がにやけるくらい愉快でしょうがない！」

「わからないよ、それじゃ！」

三　黒猫さんとの対話　その三

「黒猫さん、おはよう。良い天気だね。お出掛けですか？」

「昨日、聞き忘れたことがあってきてみたのさ」

黒猫のほうから話しかけられて、ぎんちゃんは意外に思いました。

「なんだい？　黒猫さんが聞くなんて珍しいね」

「人間は体が動かなくなり、身の危険を感じたらどうするんだい？　猫は、他の動物から身を隠す場所を探して命を終える。見つからない場所にね。人間は墓石を作って、線香をあげるね。何だいあれは？」

いきなり難しい質問です。

「人間は一人で最期を迎えられなくなった。子供に看取ってもらうのが多いね」

「何で大人になっても子供と一緒にいるんだい。育てば関係ないだろ」

「人間は定住生活と集団生活が楽であることが昔からわかってしまった。子供は、最後に親の面倒をみるのが普通になった。そして墓を作って記憶に残す」

黒沢家之墓

「そんなことしていたら、食っていけないだろ！　何で自立しないのか」

今日の黒猫は質問攻めです。ぎんちゃんは言葉を選びながら答えます。

「昔は、子供が多くなり過ぎて食えなくなるから、親が子供を殺すこともあった。逆に、子供が年老いた親を山に捨てるという伝説（注釈４）もあった。寂しいことだね」

「寂しい、を使うな。わからないから。親は子供を産み、子供は自立して生きる。親は自分の始末を自分でやる。何でこんな当たり前ができんのだよ」

「最近は、親子の縁が薄くなり親のほうから子を避けて、一人で死んでいくケースが増えてきた。私は良いことだと思っているけど。黒猫さんの話に近いね。ただ、縁が薄いのは不幸だ、という人もいる。感情だけで」

「集団心理が薄れたということかね？　面白い」

「黒猫さんは、賢いね。そうだと思う。人間は、やっと常識とされているものが、本質的な価値あるものとは思えないことに気付いた。作られた固定観念のなかで生きていたことを。本能を見つめ直す時だね」

「面白いね。やっとわかってきたのかい」

「黒猫さん、今日はこれまで。忙しいので」

もう少しぎんちゃんと話したかった黒猫は、拍子抜けです。

「気まぐれな人間だね、ぎんちゃんは」

「黒猫さんと同じだよ、本能のままで」

注釈4　子供が年老いた親を山に捨てるという伝説　棄老伝説に基づいて小説や映画化が行われ、過去に常習化されていた因習との誤解を招いている。史実で多くの地域での因習とされる確証を筆者は把握していないので、本文では伝説によると留める。

四　二匹のカマキリさんの対話

二匹の雄雌のカマキリが大きな野菜の葉っぱの上で、交尾をしています。ぎんちゃんは、収穫をしたいのだけれど、静かにしていることにしました。

雌カマキリの背中に乗った雄カマキリに、雌カマキリは子孫を残すのに強い雄カマキリを期待していたのですが、思ってた以上に弱々しい雄なので怒りをぶつけているようです。

「ちぇ！」

「なんか言いましたかね」

「あんた、意外と小さいのね。顔がそんな下とは思いもしなかった」

「舞い上がっていると、大きく見えると褒められるけど、地上では胴が短いから小さいのかな」

「ちぇ！」

「なんか言いましたかね」

「もっと上にこれないの。お顔をもっと見たいのに」

「うーん、交尾を止めないと無理かも」

「ちぇ！」

「なんか言いましたかね」

「もっと精液がでないの？」

「頑張ってますが、なかなか」

「あんた！　いい加減にしなさい。いいかい、動かないでじっとしてなさい！」

「どうしたの、怒ったりして。交尾できて嬉しくないの？」

もう雌カマキリは返事もせずに、体を捩じりながら顔を、雄の顔に近づけていきました。雌の片方の足が雄の体を逃がさないようにホールドしたままで。

雄はボーッとしたまま、自分の子孫を残せたのだという安堵感がやってきました。さらに優越感が込み上げてきて、これで交尾も終わりと思った瞬間、ガツンと頭を叩かれたような衝撃とともに、体液が流れ出るような熱さを感じつつ意識がなくなってしまいました。

四　カマキリさんとの対話　その一

「雄カマキリさんは美味しかったかい？」

交尾を終えて雄カマキリの死骸を残してその場を去ろうとしていた雌カマキリは、その言葉にどきっとしました。

「何よ、見てたのかい？」

「けっこう大胆なんで、動けなくなってしまったよ」

事の始終を見ていたぎんちゃんは、雌カマキリに声をかけました。

「ハハハーン、だ！　人間はもっとえげつないのに。この前、子供がいきなり網を持ってきて、仲間をすくい、水に漬けて遊んでいた。〝泳げないの！〟だってさ！　バカヤローだよ、カマキリは水が大嫌いなんだ。だから夏は子供に近づかないのよ」

「良くないね。話を逸らすけど、カマキリさんは大きい動物に喧嘩売るポーズするよね。挑発的で危険ではないのかい？」

「あれくらいしないと、舐められて即座に食べられちゃうのよ。大きい動物は怖がり

が多いから、先手必勝なの！」

ぎんちゃんはここでも「攻撃は最大の防御」なんだなとつくづく思うのでした。

「私も、この目線でカマキリさんがいたら逃げるよ。眼を傷つけられるようだもの」

「ねえねえ、あんた、人間だから知ってると思うから教えてよ」

「なんだい、悩みかい」

「怖いの。元気な仲間が昨日、いきなり一匹でとぼとぼと川に近づいていってしまった。心配して追っかけたら、いきなり、川の水の中に飛び込んじゃったのよ。なんだか分からなくて、怖くて・・・、ねえ、教えてよ。人間にも同じことがあるの？」

「原因となる病気は違うが、あるよ。カマキリ姉さんの仲間は、寄生虫に操られて、無意識にだね。人間は生きるのが嫌になって自ら死んじゃう」

「仲間は知らないで殺されたの？　その寄生虫はなに？」

「カマキリ姉さんの仲間が食べている昆虫に入り込み、カマキリの体に入り込む。ここが居心地良く成長できる。十分に成長できたら、生まれた川に戻ろうとする。どうするかというと、川に飛び込みたくなるように、カマキリを洗脳する。そして、カマキリ姉さんの仲間は、自ら飛び込む。怖いでしょ!」

「私の体にもいるの? どうすればよいの?」

「そうだね、川の餌を食っているような昆虫を、食べないようにするとか。専門家でないから分からないが、皆でよく見張ってみたらどうかね」

カマキリは少し安心して、ぎんちゃんに言いました。

「あなた親切ね、人間なのに。昆虫マニアのカマキリ好きではないみたい、ウフフ」

「そうかい? 昆虫は好きさ。こうやって話をするのが楽しいよ。カマキリ姉さんは格好いいね。ナイスバディとシャープな小顔とくれば美人だよ、人間界では」

「あら、いけてるかしら。あんたも、いけてる。眼が素敵、もっと近くにきてみて」

「嫌だ! その口で鼻をがぶりか、両足の爪で眼を引っ掻くか。私が苦しむのを笑って逃げるんだろう?」

「よくわかったわね。教えてくれたから、悪さはしないよ。素敵な人間だから、名前を教えて」

「ぎんちゃんと呼んでね」

「分かった。今日はここまでにしましょう。明日は同じ時間にこの場所よ。明日は、人間が自分で死ぬ、という奇妙な話をしてね」

「これも難しくてつらい問題だけど、了解です、カマキリ姉さん」

「ワオーッ！　ドキドキ！」

四　カマキリさんとの対話　その二

夏の朝早く、ぎんちゃんはいつもと同じように野菜の収穫を始めました。昨日の朝と同じ場所にカマキリも一匹います。カマキリ姉さんと呼ばれたことに、なぜか高揚した気分で。

「人間は友人をからかいながらもリスペクトを伝えることがあるみたい。そんな価値観はカマキリには分からないけど、私は〝カマキリ姉さん〟とからかい半分に呼ばれたことに妙に高揚している。また、ぎんちゃんに会いたい」

カマキリはそう思いました。

そのぎんちゃんはすぐそばにいます。黙々と作業しながら近づいてきます。カマキリ姉さんは、ぎんちゃんが気付くか心配しながら待っています。ところがぎんちゃんはカマキリ姉さんに気付くことなく通過してしまいました。

「何よ、やっぱり覚えていないのね」

カマキリ姉さんは期待との落差で、嫌な気分になってしまいました。カマキリの生

活では初めてのことです。

「なんなの、この嫌な気分は」

と、ぎんちゃんの後姿を見ながら、帰ろうとしたその時、

「カマキリ姉さん！　なんで声をかけないの？　待ってたのに！」

と、ぎんちゃんの声が聞こえました。

「えっ！　何で私から？」

「カマキリ姉さんが威嚇しないと生態系では見栄えがしないし、誤解されるだろう。難癖つけてよ！」

「はい！　では。おい、ぎんちゃん！　私を忘れたのか、えーと？」

ぎんちゃんは、カマキリの近くにやってきました。

「何を言えばいいの。何もない。話をするだけなのに、そんなに周りを気にするの、人間は？」

「これが、人間の社会生活では、空気を読む、なんて言うね」

「自由でないの、生活が」

「ルールがあり、理解できないと苦痛になる。様々な集団に暗黙のルールがある。それを察知できないと悩んでしまう」

ぎんちゃんは人間社会のルールをカマキリに語り始めました。

「なんでそんなルールを作るの？」

「集団のリーダーが統制しやすいように。また異質の者をいれないためさ」

「ややこしい。カマキリなら喧嘩して縄張りから追い出すだけよ」

「人間は集団で生きるからね。カラスさんに似ているよ。彼らもよく争いがあるだろう。仲間を追い出したりするよね」

「カラスさんは怖い。見ないようにしているから分からないけど」

「集団から追い出されると、人間は生きる価値がないと悩む。思い詰める。死にたいと」

「よく分からない。集団でなく、私みたいに一匹で生きたら？」

「集団でいないと食っていけないのだよ。人間はカマキリと同じ生き方はできない」

「弱いのね。自分で食料くらい確保できないの？」

「自分の土地というものを確保するだけで、またその土地の集団に関わる。そこでまたルールに束縛され悩む。逃げ道が少なくなる」

「どうなるの、その人は？」

「生きていてもしょうがないと悩み、自ら死ぬ。水の中に入っていく、高いところから落ちる、毒を飲む、などあるよ」

カマキリは不思議でしょうがありません。

「それが昨日の話ね。あの後、考えたけど、カマキリはいつ死ぬかわからない。今日、今、カラスに喰われるかもしれない。生きる、なんて甘い言葉ではない。逃げて、戦って生き延びるだけだと」

「人間は、生きたい、と思っても逃げ道が無くなり、結果的に来るであろう死を早めているだけかもしれない」

「わかんない。結果的に、ってどういうこと？」

「働けない、食えない、病気になる、結果的に死ぬ、遅かれ早かれ。それを想像できるから死ぬ。生きるか死ぬかの結果がでるのに時間がかかるんだよ、人間社会は」

カマキリはぎんちゃんの話をじっと聞いています。

「人間は戦争という喧嘩をして負けたのに、それを反省に繁栄もした。だけど集団から追い出されるという個人の虐めには再生の気力をなかなか作れない。受け入れる集団が他にないと分かるから」

「進歩しているけど、可哀そう、人間は」

「カマキリ姉さんは、いいことを言うね。その可哀そうになっちまったんだよ」

「ぎんちゃんはどっちなの？　強い人間、弱い人間？」

「集団では成功したけれど、ストレスしか残っていない。そんな生活がいやになり、自給自足の生活を始めたのさ。必要な人だけにしか会わない」

「人は、個人ではなく、集団に頼り過ぎということ？」

「カマキリ姉さん、いいね、そう！　必要な人だけに会えばよい」

「なんか、わかってきた。もっと教えてよ」

カマキリは、高揚した気分が抑えられず、次回の約束を考えましたが、先にぎんちゃんから言われてしまいました。

「次回は、コガネ蜘蛛さんに〝ＫＡＭＡ ＩＳ ＨＥＲＥ〟と書いてもらいな。それを見てカマキリ姉さんを探すから」

「わかった。カマキリの命は短いから、忘れないでね」

「次回は、地球から逃げ出す人間の話か、人間の体に寄生する細菌の話かな。どっちも怖いよ」

「興奮！　ところで、ぎんちゃんは、なにか怖いものがあるの」

「進化の後発組の人間が、地球環境を滅茶苦茶にしている。他の生き物に申し訳ないし、そんな人間が怖いよ」

ぎんちゃんは人間なのに、人間が怖いなんて。カマキリは言いました。

「なんか、変な気分だけど」

五　蟻さんとの対話　その一

　ある日、ぎんちゃんは大きな葉っぱを運んでいる蟻を見つけ、声をかけました。

「蟻さん、こんにちは。暑くなって大変ですね。蟻さんはいつも自分よりも重いものを持ち上げて働いて、力があるね。仕事の効率が良いなあと感心しているよ」

「おや、農家のぎんちゃん。相変わらず暇なのかい。おいらは忙しくてしょうがないよ」

　蟻は仕事の手を止めずに答えます。

「人間の私は、体重の半分しか頭上まで持ち上げられない。蟻さんは百倍だって⁉」

「うらやましいかい？　我々の大きさになれば、ぎんちゃんもこれくらい運べるよ。小さくなりたいかい？」

「いやいや！　そうしたら蟻さんに捕まって、地下深くの牢屋に入れられて奴隷か家畜になってしまうだろう。地球上は蟻さんの世界になるよ！　怖いよ！」

「忙しいから変な言い掛かりはやめておくれ。まったくぎんちゃんは、余計なことを考えるね。俺に何か聞きたいの？」

「じつはね、農作業が重労働だから、参考になることを探していたの。なんか楽に作業できるアイディアはないかい？」

「一人でやったら大変だけど、数人でやれば少しは楽になる。効率も良いよ。一人で頑張る人間は愚かだよ」

「さすが、社会性昆虫の蟻さん！　だけど、私は集団が嫌いなんだよ。昔、辛い思いをしたから」

ぎんちゃんは会社で働いていたころを思い出したのです。

「集団から逃げて、個性尊重の自分らしい生活をしたい、なんて言っている人間は自滅するね。そういう人間は多いのかい？　だとしたら我々蟻の世界制覇は早そうだね。女王蟻さんに伝えておくよ。きっと大喜びだよ」

「叱咤激励ありがとう。考えてみるよ」

蟻はぎんちゃんに顔を向け、仕事の手を止めて言いました。

「普通は教えないけどね。ぎんちゃんは特別だよ」

五　蟻さんとの対話　その二

暑い夏の朝、畑で働いていたぎんちゃんは、多くの蟻が元気よく動き回っているのを見て、仕事の手を休めて、上から見入りながら蟻に疑問をぶつけました。

「蟻さん、何でそんなに一生懸命働くの？　普段は、何とも思わないけど、ふと蟻さんをじっと見ていたら、地球上にどれだけいるのか、怖くなって調べたよ」

ぎんちゃんは蟻に向かってそう言いました。

「どれくらいだね？　我々には地球規模がわからないよ」

「人間より多く数兆匹だって！　人間の二百六十～三百九十倍位かな。重量は人間より重いんだって」

「ぎんちゃんは、我々が怖いのかい？　我々は地上の掃除屋だよ。多くて有り難いと思って欲しいね。いなくなったら、地上が片付かないよ」

「確かに！　ごめんなさい。つい、蟻さんの集団に圧倒されて怖くなって！　悪意はないよ。集団は疲れないかい？」

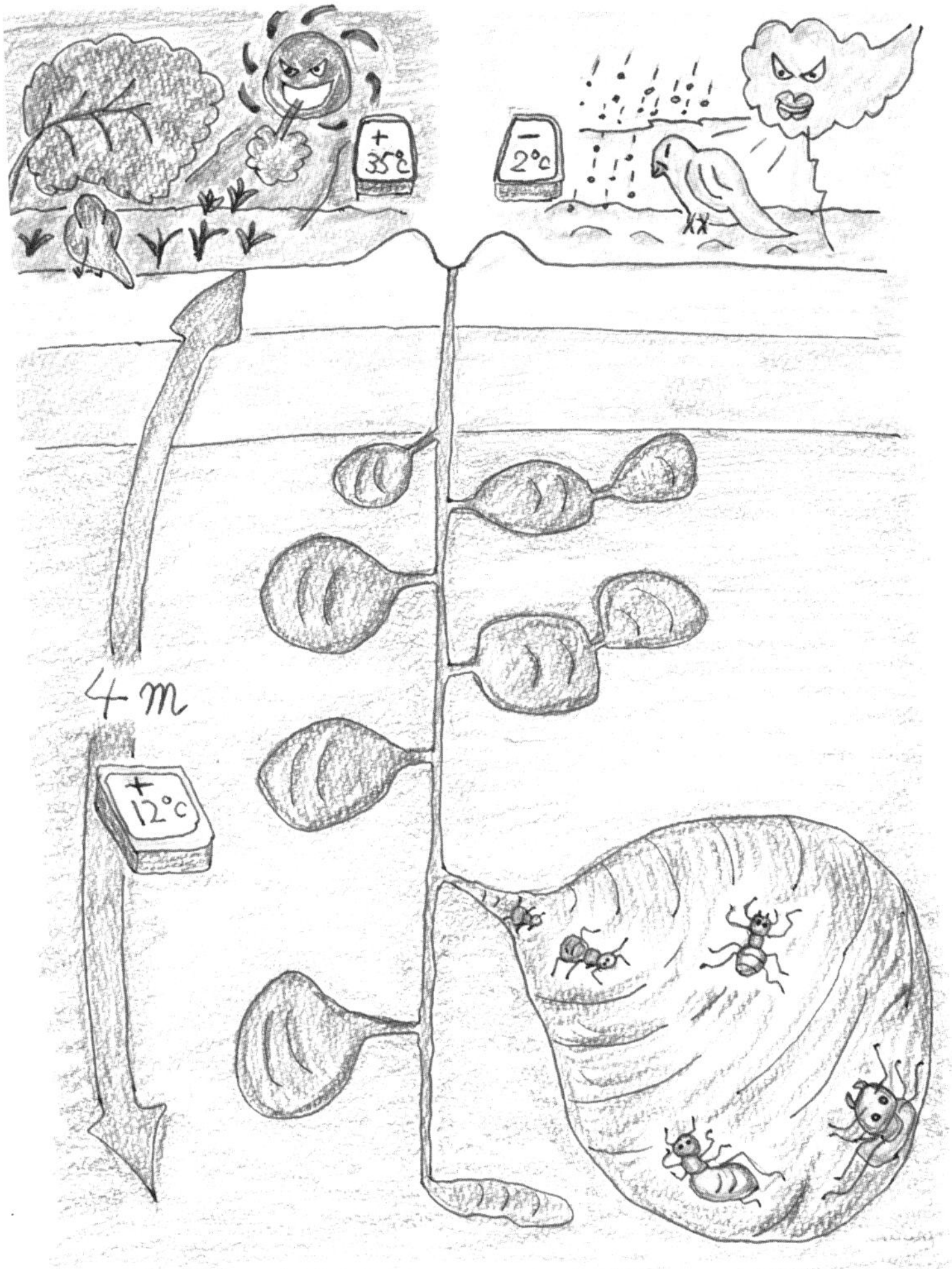
+
35°c
−
2°c
4m
+
12°c

「一匹や少ない数で生きられるような場所じゃあないよ、地上は。生きるためさ」

「天敵がいないから、どんどん増えるね。餌は大丈夫なの？　研究者が言ってたけど、油虫を家畜扱いして体液の甘露（砂糖やアミノ酸）を飲むんだってね。怖いよ！」

「ぎんちゃんに言われたくないよ。人間には、家畜がいっぱいいるじゃあないか。人間の方が怖いよ！」

「確かに！　人口が増えると食糧も人工的に扱い、生命の尊さを忘れている。家畜の屠殺《とさつ》量は凄いよね。地上で人間が一番怖いかも」

「ぎんちゃんは、なにが言いたいの？　我々は忙しいし、遊んでると注意されるから、邪魔しないで」

「人間社会も同じだよ。働かないと相手にされなくなっちゃうよ。働くって、何なのだろう？」

「地上を這いつくばって生きてる我々蟻に言うな！」

「すいませんでした」

六　コガネ蜘蛛さんとの対話

夏の朝早くから、野菜の収穫を始めたぎんちゃんは、いつも朝方に新しい蜘蛛の巣が畑にいっぱいあるので、避けて通らなければいけないので大変です。

「コガネ蜘蛛さんの刺繍は奇麗だね。私の名前を書いてくれないかね」

巣の模様があんまり美しいので、ぎんちゃんはコガネ蜘蛛に、唐突にお願いしてみました。

「安くないよ。蝶かセミくらいは、巣に引っ掛けてくれないとね」

「なんか自分の趣味のために、他の命がなくなるのはよくないな」

「俺は遊びではないぞ。餌が掛かればそれでよい。嫌なら邪魔しないでくれよ」

ぎんちゃんはコガネ蜘蛛の機嫌を損ねてしまったようです。

「ごめん。でも、なんで文字のような幾何学的模様を巣に書くんだい。虫がよってくるからかい？」

「何言ってんだよ！　隠れ帯だよ。ここに足を隠して待つ！」

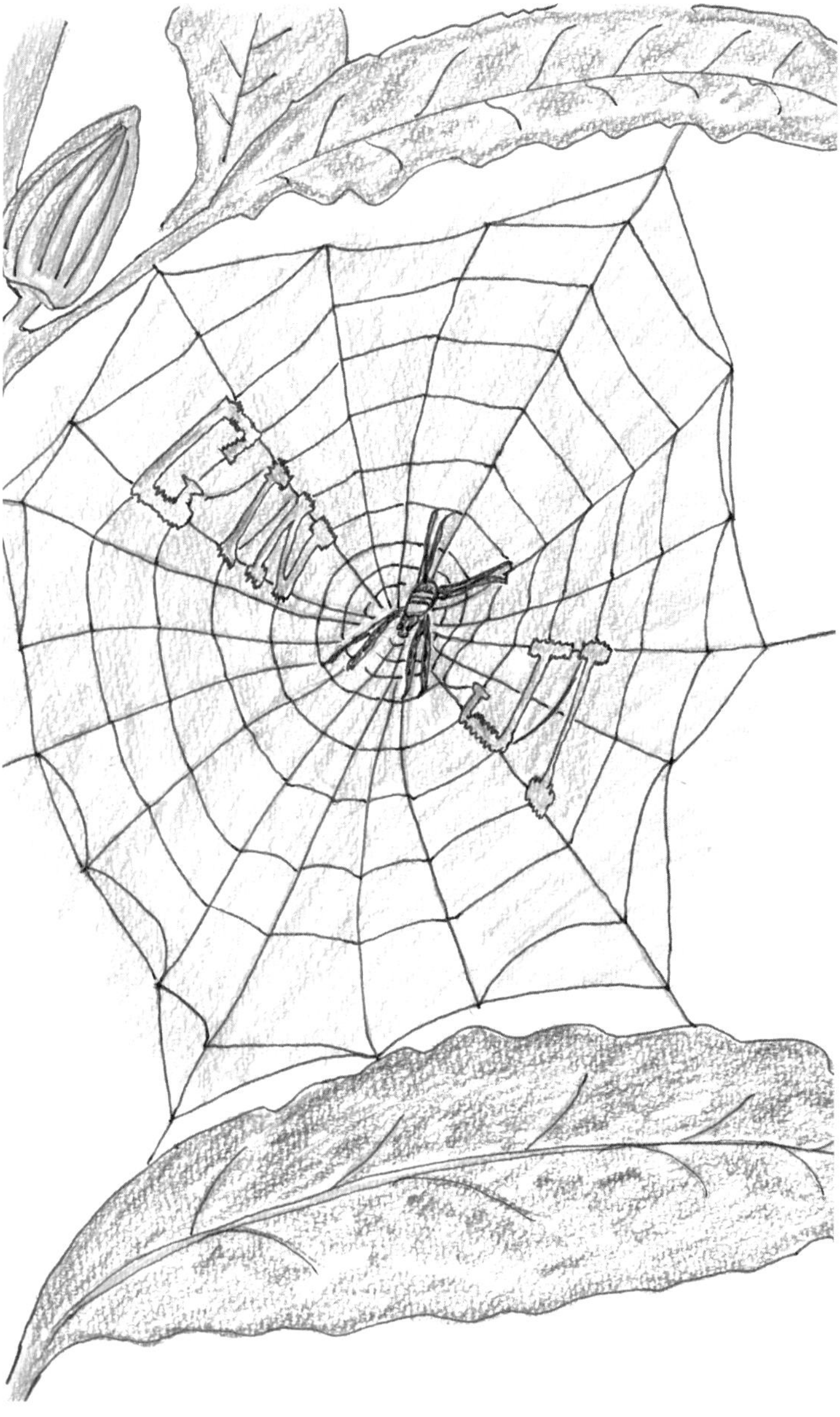

「なるほどね。けどそれでは相手にもわかっちゃうよ」

「うるさい！　邪魔するな！」

「文字のような幾何学的模様を短時間に作るね。感心しているよ。だから教えてよ。人に聞いた話だけど、最初の糸を風になびかせ反対側の木などに巻き付けるんだって？　だれも見ていないからわからないんだ。朝の畑にいつも新しい巣がかかっているよね。収穫の邪魔になるけど、奇麗なものだから避けてるよ。そんな強い糸をよくいっぱい出せるなと感心していたんだよ」

「そういえば最近、この糸が丈夫だから工業製品に活用できるのではと、研究材料に仲間が捕まっているよ」

　コガネ蜘蛛は不満そうな口ぶりです。続けて言いました。

「我々、小動物が人間の物を少しだけいただくと、人間は怒りまくる。いかれてるぜ。カラスさんが怒っていたよ。人間は、そんなにえらいのかね。人間は共生を許さなくなったね。雑草は農薬で枯らす。害虫と呼ばれるものは、殺虫剤で殺す。我々も巻き込まれる。そんなに我々が嫌いなのかい。虫のいない農薬だらけの物を食う。なんか違うだろう？」

コガネ蜘蛛は、思っていることをぎんちゃんに一気にぶつけます。

「有機生命体は、微生物レベルでの共生、寄生で生き延びてきた。良くも悪くも共生しないと補完できないものがある。人間は菌から隔離して生き延びたいのかい。この小さな地球で。我々が強くなり、人間が弱くなっていないかい？」

コガネ蜘蛛は少し冷静になり、しかし強い口調で言い切りました。

「餌がとれないからいなくなってくれよ。まあ、ぎんちゃんの畑で獲物を貰ってるから感謝はしてますよ。よく昆虫が集まるよ。農薬が少ないみたいだ、わかるよ。知恵あらば、共生を維持しろ！　さもなくば人間が先に絶滅危惧種になるだろう！」

「さすが、コガネ蜘蛛さんは賢い！　感心だよ。また話がしたいな。いやコガネ蜘蛛さんの説教が聞きたい！」

「いいこと言うね！　良いだろう。また明日きな」

コガネ蜘蛛はいい気分です。ぎんちゃんはすかさずお願いしました。

「見分けがつかないから、蜘蛛の巣に名前を書いてくれないかね〝GINJI〟で」

「なんだよ。結局書くことになっちまったな」

七　アマガエルさんとの対話

収穫中の紫小松菜の葉っぱの上にデンと構えたアマガエルに、ぎんちゃんは言いました。

「アマガエルさん、そろそろどいてくれないかい。野菜が収穫できないよ」

「おっと、その声はぎんちゃんかい。天敵に見つからないように、じっとしていたのさ。葉っぱと体の色が同化しているから、動かない限りわからないだろ」

少し葉っぱの色と違うので同化していないのに、アマガエルはまったく悪びれる様子はありません。それどころか、

「じっと待っていれば、虫は寄ってくる。楽だよ。この畑の葉っぱは美味いから、虫がいっぱい寄ってくる。効率がいいよ」

なんて言ってます。ぎんちゃんはそれを聞いて、考えが変わりました。

「そうか。そういえば、虫に野菜を食べられて、悩んでたところだったんだよ。いっぱい虫を食べておくれ。そして仲間を集めてよ」

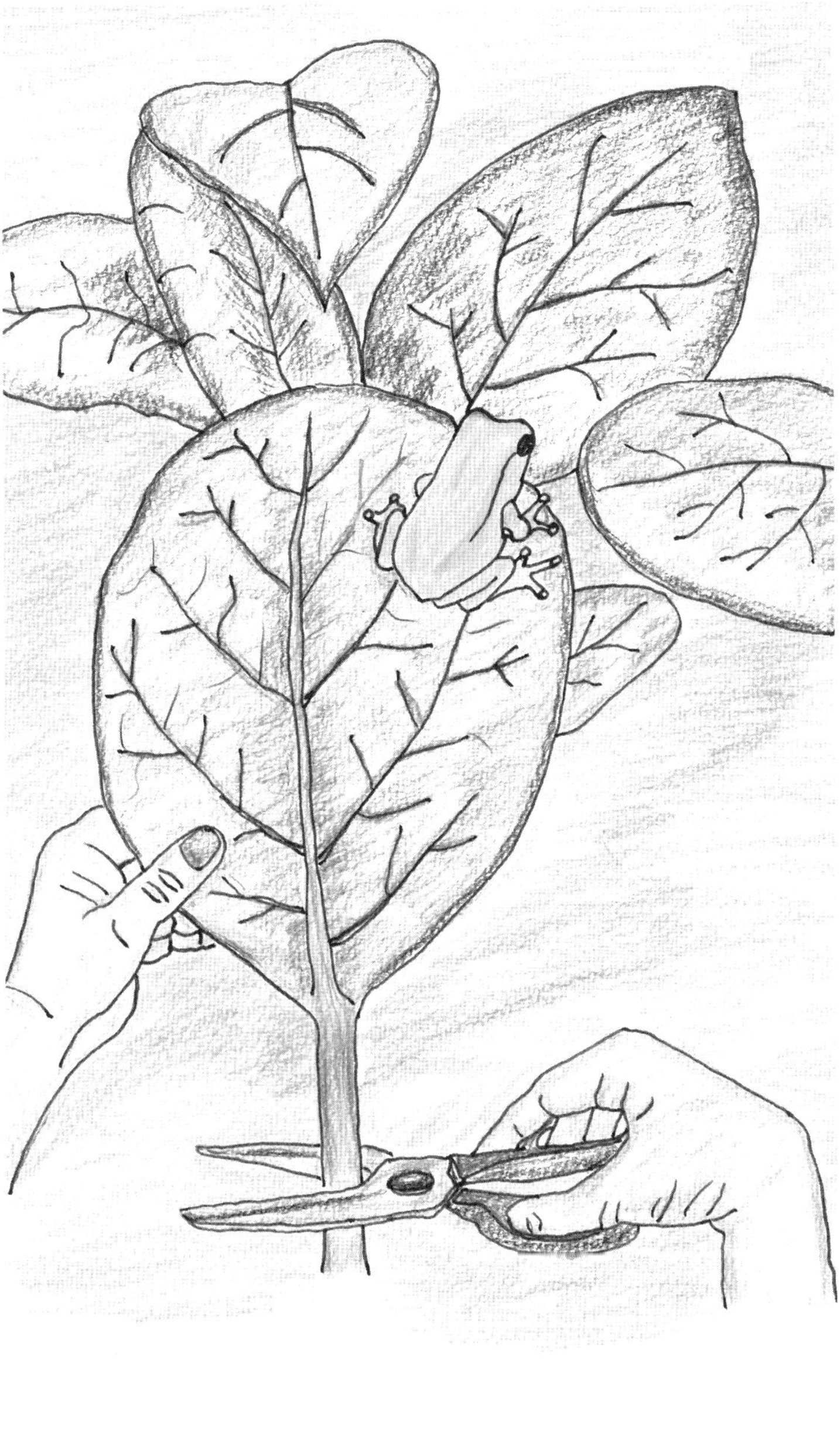

「そこまではできないよ。いっぱい集まると、恐ろしい蛇さんが寄ってくるからね。気を付けないとね」

「森の前の畑に、最近、蛇さんが出始めたよ。畑にカエルさんや昆虫が増えたからかね。気を付けなよ」

「ゲロゲーロ！　怖くて体が動かない！　ぎんちゃんの畑は虫が集まるから、それを食べに俺たちカエルの仲間や、カマキリさん、蜘蛛さんなどが集まる。そうすると、騒がしくなるから、すーっと蛇さんが近付く。怖いよ！」

「だけどこの前、一匹の蛇が畑のマルチフィルム（注釈５）の上で死んでたよ。調べたが、なぜ死んだかわからないね。マルチフィルムはこの季節にかなりの高温になるから、上に載って熱くてのたうち回って死んだのか、それとも天敵にやられたか。カラスさんがやっつけたかな。わからない」

「蛇さんがやられたのかい！　何者が森にいるんだろう。怖いね」

アマガエルはおびえて、いっそう青い顔になっています。

「それより、蛇さんの死骸が干物になってたから、カエルさんも気を付けてね」

「ぎんちゃん、蛙の干物を食いたいのかい」

「私じゃなくて、カラスさんは好きそうだから、味を覚えたら先々危ないよ」

「どういうこと？　熱いマルチフィルムの上で干されちゃうのかい。やだよ！　ぎんちゃん、助けてよ！」

ぎんちゃんはアマガエルを助けてあげたいと思いました。でも、自然界のルールには逆らえません。

「難しいお願いで答えられない。しいて言えば、カラスさんは私を敬遠しているから、私の近くにいれば安全かも」

「わかった。これからはぎんちゃんがいる畑にするよ」

注釈5　マルチフィルム
　農業用の防草用シート

八　ヒヨドリさんとの対話

「ヒヨドリさん、あなた方の食欲はすごいね。冬の寒い日に、餌がないのはわかるけど、冬物野菜の葉っぱを集団で丸裸にするよね。残ったのは葉の芯のみで枯れ葉のようだった。それに糞も凄い量だね。片付けが大変だよ」

ぎんちゃんは「困った」という表情で、ヒヨドリの集団に向かって話しかけます。

「ところで集団行動は、心地よいかい。こっちは小さな鳥でも恐怖だよ。ネットを潜り抜けて入り込む。逃げ道がたたれても、力強く突破して逃げる。懲りたかと思ったら、また入り込む。何で怖くないの？」

ヒヨドリ集団のリーダーは答えました。

「寒い冬の間は、食い物がないし、命がけで有るものを食べるしかない。集団行動だから、イケイケだね。反省なんてしてたら飢え死にしてしまうからね！　何とかなると思うより、先は考えないかな」

ぎんちゃんは、後先を考えないヒヨドリの生き方に圧倒されています。そして気に

なったことを聞いてみました。

「仲良いかと思ったら、餌の取り合いの喧嘩をするよね」

するとリーダーは興奮して、こう言い訳をしました。

「生きていけないいんだよ！　寒い真冬で何もない時期なんだから！　少しだけあるぎんちゃんの野菜がありがたい」

ぎんちゃんは自分の作った野菜を食べられて、感謝されて。なんだか複雑な気分です。

「見ていると、軍隊の突撃隊来襲みたいで怖いよ！　尖兵が飛来し様子を伺い、二陣、三陣、四陣、五陣と続き百羽を越える数が襲いかかる。脅かしてもまた戻ってくる。凄い執念だね」

「集団でいると大丈夫と思っちゃう。それで命を落とすやつもいるけどね。自分でも感覚が麻痺しているね、真冬時は。三月の啓蟄《けいちつ》（注釈６）が来るとホッとする。虫が食べられるからね」

「その頃から集団で行動しなくなるね。なぜだい？」

「自分で虫を探せるから、集団ではなく単独で地面とにらめっこになる。飢えている時は、集団で見つけて喰いまくる！　これがヒヨドリの生きる術かな。人間は違うかい？」

リーダーにそう聞かれて、ぎんちゃんは考えました。

「昔の戦いはそうかもしれない。今も集団心理で危険を犯すことが多々ある。生き物は同じかもしれないなあ」

ぎんちゃんの共感を得られて、リーダーは少しホッとしたようです。

「集団に引き摺られて動くのは疲れるね。脱落すると飢え死にするからついていくけど、疲れるね！」

「お互いに、集団で生きるのは難しいね。上手く生きてね」

「同情するなら、真冬にもっと苦くなくて甘い野菜の葉っぱをくれないかい」

注釈6　啓蟄《けいちつ》

二十四節気の一つ。太陽暦の三月六日ごろ。冬ごもりをしていた虫が地上にはい出る意。

（明鏡国語辞典）

九　蝶さんとの対話

「蝶さん、ちょっと飛ぶのをやめて話しましょうよ」

「殺虫剤を振り撒かないかい。それか、虫取り網で捕獲して、足で踏みつぶされるのはいやだよ」

蝶はぎんちゃんに捕獲されないよう、けっこうな距離をとって答えました。ぎんちゃんは蝶を捕まえようなんて、もちろん思っていなかったのですが。

「すまないね。今日はリスペクトを込めて、蝶さんの身体能力を聞きたいよ」

「なんだい、言ってみな」

「蝶さんは、ヒラヒラ飛んでたかと思うと、いきなり方向転換して瞬間移動のようなスピードで飛ぶね。驚きだよ。何でそんなことができるの？　速さは、人間の陸上選手の世界記録に近いね」

「瞬間的にはもっと速いね。体が小さく軽いから、重力に関係なく縦横瞬時に移動できるのさ」

蝶は胸を張って答えました。

「蝶さんの運動能力が異常に高いから、研究している人がいるよ。瞬間移動の羽のひとかきで、重力加速度（注釈7）が十Gだって！　そんな加速度は人間が乗った乗り物ではあり得ない。せいぜい六Gから七Gくらいが耐えられる限界だって。人間は地上に這いつくばって生きてきたから、体が重くなり、重力加速度に物凄く弱いと思う。蝶さんが、羨ましいよ。軽くて羽のある体になっていたら、人間世界もまったく違うだろうね。十メートルくらいの高さを自由に飛べたら、と思うよ」

「そんな弱い体なのに、空高くに、すごい速さでロケットを飛ばしているではないかい？　無理しているね。宇宙を飛び回りたいなら、もっと小さい肉体に変化しないと持たないでしょうよ！」

「いずれ小さな人間に進化するんだろうね。大人でも小学生くらいかな。宇宙ステーションの生活が現実になったら、大きな体は無意味になっていくのだろうね。高身長で筋肉隆々の身体的美意識が遠い昔の話になってしまうだろうね」

「頭でっかちの低身長かい。宇宙人だね、まったく。そういう進化をするのかい、人間は。笑えるよ」

蝶は大笑いしながら羽をヒラヒラさせています。

「自分の身体能力以上を、機械で得ているから、体が壊れるよね。遺伝子異常になるよ、きっと」

「好きにやってよ。我々には関係ないね。おいらは地球の大気の中をヒラヒラと舞ってますから。気持ちよく。ぎんちゃんに言っておくけど、人間は地球環境を再生してから宇宙に出て行ってよ。暑くて夏に動けなくなってきた。他の人間に言っといてね」

「私もそう思うよ！　教えてくれてありがとう」

注釈7　G　重力加速度
物体に働く重力を、その物体の質量で割ったもの。地球上の位置によって幾分異なるが、ほぼ毎秒毎秒9・81メートルの割合の速度変化に等しい。通常、Gで表す。
（広辞苑）

十　雉さんとの対話

　ぎんちゃんは畑で雉に出会いました。

「雉も鳴かずば打たれまいっていうけど、雉さんは鳴き声が大きすぎるよ。すぐにばれちゃうよ。何でそんなに、大声で鳴くんだい？」

「朝の空気のなかで、響き渡る神々しい鳴き声を、皆に知らしめているのさ。皆の衆が恐れおののくよ」

　雉は自信たっぷりで答えました。まるで自分は神であるとでも言いたげです。

「かん高い声だよね。驚くよ。雉さんの天敵はいないのかい。鳴いたら襲われるだろうに」

「飛べないけど格闘は強いから、猫くらいは平気さ。羽を広げると、ほら、でかいだろ」

　雉は大きく羽を広げます。ぎんちゃんはびっくり！

「派手な色ですね、羽が。鳴き声も、羽も、態度も派手ですね」

「ぎんちゃん、私を馬鹿にしてないかね。態度も、は失礼だよ」

「何でそんなに威風堂々と地面を歩けるの。怖くないの？」

「気高い鳥だよ、おいらは。国鳥と崇められているよね。怖いものなど無いさ」

「だけど、雉も鳴かずば打たれまい、と人間は雉さんを揶揄しているし、猟師は雉の肉は旨いといっているよ。人間に狙われるよ」

「国鳥と言われ、射たれて食われちゃう。おだてられ、そして捨てられる。それでもいいさ。神の国鳥、特攻隊さ」

「なんかいじけてないかい、心配だよ」

「うーん、確かに生きるのが難しい時代になった。人間は最大の天敵だね。人間に馬鹿にされてるのかな？」

「馬鹿になんかしてないよ。でも、山奥に帰りなよ。都会は残酷非道だよ」

「そうだね。鳴き声が山びこになるくらいの山奥に帰りますよ。人間に見つからない場所に」

「うん、でもその気高い気持ちは捨てないでね。利用されないで！」

「ぎんちゃんもそうなのかい」

「私も同じだよ。安心してね。近々に、話があるから近くにいてね」

「なんだい、それは」

十一　蛇さんとの対話

「蛇さん、久しぶりですね。最近、畑に出てこなくなったけど、どうしたの？」

「農家のぎんちゃんかい。嫌なことを聞くね。知ってるくせに。カラスだよ、カラス！」

「寄ってたかって、イタズラばかりする。虐めだよ！」

蛇はいやな顔して言いました。ぎんちゃんは同情します。

「都会のカラスは、好奇心が旺盛だからね。この辺は餌がいっぱいある。余裕があるとすぐにちょっかいを出すよ。彼らはイタズラではないと言うけどね」

「森の中から出られないよ、怖くて。人間も蛇を嫌うし、小動物もすぐに逃げるから、餌の確保が大変だよ。ところで、ぎんちゃんは嫌われたことはないかい？　人間は差別って言うのだろ？」

「人種、性別、身体的能力など、差別ならいっぱいあるよ。人間社会は、生存競争で、副産物の差別を作り出す。経済活動の敗者が、弱者に変わり、差別されることもある。もっと生きるってことを突き詰めないと結論は出ないと思うけど、蛇さんたちのよう

に〝生をもらったら苦難に立ち向かい、自分の力で生き抜く〟ということだろう。怖がられるのも抑止力で良いと思う。一匹の蛇さんが持つ抑止力は最強だよ。人間も、個人そして家族が毅然と差別と立ち向かって生きることだね」

「良いことを言うね。ただ、おいらの抑止力オーラが出過ぎて、小動物が集まらないのは困るんだよ。我々は肉食だからね。どうしよう？」

「邪魔する相手を騙して、餌場を広く開拓するのはどうだい？」

「生きるってことは、抑止力だけでなく知恵比べだね」

十二　芋虫さんとの対話

「あら、また頭隠して尻隠さず、だね、芋虫さん。怒る前に、笑っちゃうよ！」

「なんだい、うるさいね！　おいしいオクラのネバネバを堪能しているんだから、邪魔しないでおくれ！」

　ずいぶん自分勝手な芋虫です。ぎんちゃんの作ったオクラを食い荒らしているのに。ぎんちゃんは困った顔で言いました。

「私が大事に育てたオクラを収穫しようとすると、朝方に食い荒らされている。商売にならないよ！」

「すまないね。このオクラは、中近東原産の太いオクラだろ。ネバネバが強烈で旨いよ。頭から穴に入って食べちゃう！」

「よく体ごとオクラのネバネバに入れるね。私の手を見てごらん。皮膚がとろけてる。それだけ強烈なものだよ。体は大丈夫かい？」

「この栄養成分は、滋養強壮に良いのだろ。元気でたまらない！」

「そう言えば、他の芋虫さんより大きいよね。それと力強くのたうち回るね。怖いよ。どんな大きな蛾になるんだい。強烈だね」

芋虫はぎんちゃんの質問に答えず、ひたすらオクラを食べ続けます。

「害虫とは呼ばないでおくれよ。とびきり旨いから食べているのさ。このオクラは、人間にも人気があると思うよ。良かったね」

「害虫に、良かったね、と誉められてもね。複雑だよ」

「害虫と呼ばないでよ！　味見を代行しているオクラ担当の芋虫、と呼んで」

「味見は数個だけにするよう仲間に言ってね。なんかスッキリしないお願いだけど」

「わかってよ！　この体の大きさ、力強さを見てごらん。今年のオクラはあたり年でしょ。もっとおいらの体を見て喜んでよ」

やれやれ。「喜んでよ」と言われてもねえ。ぎんちゃんはすっかりあきらめて、芋虫に言いました。

「しょうがないね。害虫と呼ぶのは止めようか。だけど収穫の邪魔はしないでね」

十三　蚊さんとの対話

ブーン。

「梅雨の季節になると、うっとうしいよ、その羽音が」

ブーン。蚊の羽音でぎんちゃんは不愉快極まりない表情です。

「蚊さん、あなたの進化の弱点はその羽音だね。あなたはすぐ見つかるよ。顔の前で柏手でやっつけるか、蚊取り線香を持ってこられてしまう。残念だね、蚊さん」

ブーン。ぎんちゃんの攻撃をかわしながら、蚊は答えました。

「それって、馬鹿にしているよね。嫌われているから仕方ないけど。動物の血を頂いて、産卵準備するなんてずるいかな。捕食して生きている小動物より優しいけど」

「病気を媒介するからだよ。人間は、自然界の細菌に弱いからね。でも蚊さんは、なんで飛んでいるとこんなに羽音がするの？」

「羽が少ないから、いっぱい羽ばたかないといけないからね。けっこう大変なんだよ。風が吹けば飛ばされちゃうし。必死なんだから！」

蚊の言い分を聞きながらも、ぎんちゃんはやっぱり言いました。

「そうか。でも、高周波音で近付き、そのあとにチクリ！ときたら腹立つよ」

「行動範囲が狭い世界で、必死に生きている。我々は、ボウフラの頃から、フナさんや、ヤゴさんに食われる。蚊になってもトンボさん、カマキリさん、カエルさんなどに食われる。生態系の最下位で餌の補給係だよ。馬鹿にしないで！」

「べつに馬鹿になんかしてないよ」とぎんちゃんは言います。蚊は説明を続けました。

「生きるために哺乳類の血を頂き、繁殖し、下位の昆虫を生かしている。生態系の最下層で、必死に食物連鎖の中で生きているのさ。最近、トンボさんが少ないと思わないかい。人間が我々蚊の住処の駆除をやるから、生態系が壊れている。足元の小さな世界を、人間はもっと注意深く繊細に扱って欲しいね」

ぎんちゃんは蚊の説得力のある話に感心しました。

「そうだね。人間はまったくそこまで考えてないね。かっこよくビオトープ（注釈８）だの生態系保存といっている。蚊の存在まで認めたトンボさん舞うビオトープにしろよ、ってことだね」

「ぎんちゃんは理解力あるね。それを皆に教えてよ、助けてよ！」

「わかった。だけど、蚊さんに刺されるのは嫌だから、蚊取り線香は使うよ。殺虫剤ではなく、軽い麻痺だから近付かないでね」

「微妙な距離感だね」

注釈8　ビオトープ
野生の動植物が生態系を保って、生息する環境。また、公園などに作られた、野生の小生物が生存できる環境。
（広辞苑）

十四　ケヤキ大木さんとの対話

「お隣の家のケヤキ大木さん、もう何歳ですかね。随分幹も太くなりましたね。長い間、この家は空き家だから、周りの木々も大きくなって手付かずの自然の森になって生き物たちも多くなりましたよ」

「お隣のぎんちゃんかい。いつも畑仕事は見ているよ。よく働くね。以前、木に巻きついた太い蔓を切ってくれてありがとう。永らく苦しくてしょうがなかった。良く見ていてくれたね」

「可愛そうだったよ。あまりにも太い蔓に利用されていて」

「私は、あと何年ここで生きられるやら。家主が世代交代してこの土地を売却するだろうね。遠からずに」

「森がなくなっちゃうと、生き物が住み処を失うね」

「生き物もそうだけど、私もここまで生き抜くのも大変だった。人間は、木々は互いに共生している、なんてきれいに言うけど、油断するとすぐに、周りの木々に駆逐さ

れる。静かだけど、生きるために毎日闘ってきたのさ。大変なんだよ」

ケヤキ大木はこれまでの長い道のりに思いを馳せるように、遠くを見ています。ぎんちゃんは心から労をねぎらいたいと思いました。

「そんなケヤキ大木さんは生き物に住み処を与えてくれる。ケヤキ大木さんの気持ちをわかってあげたいよ」

「でも、私はもうすぐ切り倒されるだろう。気遣いをありがとう、ぎんちゃん。もっと一緒にいたかったよ」

「人間は先々を深く考えずに木を植えて、邪魔になると切り倒す。勝手だね。木の痛みがわからない。樹液が人間の血と同じの真っ赤なら、切るのを躊躇すると思っているけどね。人間と同じだと気づくだろう」

「もういいよ。この都会に育ったのが運命さ。今度は、遠い森の中で生かせたいよ、子孫達をね。助けておくれ、ぎんちゃん」

「鳥さんにお願いして、種を森に持っていってもらいましょうか。頼んでみるよ。どっちの方角が良いかね？」

「余り暑くない土地にしてね。寒さに耐えて、強く、永く、ゆっくり成長させたいからね。子孫達には」

最後の最後まで子孫のことを思いやるケヤキ大木にぎんちゃんは優しく言いました。

「わかった。私が何とか考えてみるよ。ケヤキ大木さんの近くにある新芽の苗を何本か貰っていくよ」

十五　対話集会　その一

ぎんちゃん農園近隣の生き物さんへの案内

ぎんちゃん農園対話集会開催のご案内

いつも楽しく興味深く対話させていただきありがとうございます。日頃の対話の中で、私たち人間の行動が、皆様に個別に悪影響を与えていることがわかってきました。今後は皆様とより良い持続可能な農園、自然を回復したく、対話集会を開催しますのでお集まりください。

（日時）　次の日の朝 日の出ちょうど

（場所）　農園横のケヤキ大木さんの下

（参加する生き物）　ぎんじ、カラスさん、カマキリさん、コガネ蜘蛛さん、黒猫さん、蝶さん、芋虫さん、雉さん、蛇さん、ヒヨドリさん、アマガエルさん、蚊さん、蟻さ

次の日の朝だよ。
集まるように、みんなに
伝えてね

ん、ケヤキ大木さん
（注意事項）　出席の生き物同士の喧嘩は許しません。

十五　対話集会　その二

ぎんちゃん主催の集会に、いつもの仲間たちが集まってきました。

「(カラス) カーッ！　何で皆が集まるんだよ。喧嘩になるだろ」

「(カエル) ゲロゲーロ！　喧嘩じゃなくて捕食だろ。帰りたい」

「(カマキリ) カリカリ！　やっとここまで生きていられたんだから、捕食しないで」

みんな好き勝手におしゃべりしています。

「カマキリ姉さん、忠告ありがとう。始めます。今日はみなさんと、議論したいことがあります」

ぎんちゃんが強い声で言うと、一同がようやくシーンとなりました。

「残念なことに、この大きな森が遠からず無くなります。皆さんの世代では、大丈夫な方が多いと思いますが、子孫を残すためには、あなた方世代でここから脱出するのが望ましいです。自分で移動して見つけるか、なんか手だてを見つけるかしてください。意見を聞かせてください」

カラスがすぐに反発しました。

「カーッ！　ぎんちゃんも知らなかったのかい？　そもそもあんたの森じゃなかったのかい。がっかりだね。仲良くして損したよ」

「（蛇）シャーッ！　この体でどこまで這って行けっていうんだい？　出来ないよ。田んぼの隅っこで生きるしかないよ」

「（蝶）テフテフ！　私らは畑があれば大丈夫かな。ぎんちゃんが葉物野菜を作る限り、ここにいるよ。芋虫も一緒だからね」

「（雉）ケーン！　国鳥の私に先に答えさせてくれよ！　雉は体が重く、カラス君のように世渡り上手にはいかない。誰かに誘導してもらい移動させておくれ。途中、人間に捕まって食われないように。夜がいいね！」

「カーッ！　世渡り上手とは皮肉だね。そんなことといって威張ってると助けないよ」

「ケーン！　最初からカラス君に助けてもらうつもりもないよ！」

「カーッ！　生意気な鳥だね。いや、あんたは鳥じゃないよね！　鶏と親戚か？　カッカッカッツ（笑）」

「ケーン！　国鳥を侮辱するな！　下品な鳥だな、カラス君は。私は正直言って、ぎんちゃんに助けてもらいたい」

「(黒猫) ニャーッ！　俺らは一匹で何処へでも行くさ。構わないでおくれよ。雉さん、あんたが一番危ないな。夜中なんか人間よりも、おいらと同じの野良猫がうろうろしているよ。すぐに食われるよ」

「ケーン！　参ったな」

「(蚊) ブーン！　肉食系の大きい雉さんの話はあとにしておくれ。森の湿った木陰が無くなると辛いよ、蚊には。田んぼと畑だけでは、上手く生きられないよ。近くの森を教えておくれ。ゆっくり移動するから」

「ゲロゲーロ！　蚊さんがどこかへいっちゃうのかい？　寂しい、じゃなくて腹へるよ。あ、でも畑の虫を食うからいいか。我々は田んぼと畑があるから大丈夫かな」

「カリカリ！　カエルさんがいるなら、カマキリもいようかな。ここで大丈夫です！」

「ゲロゲーロ！　我々を狙うのかい。最近はカエル好きの肉食系のカマキリが増えたのかい、怖いよ」

「カリカリ！　怖がらずに、一緒に遊びましょう！　デヘヘ」

「ゲロゲーロ！　逃げ出したいよ、ぎんちゃん。助けてよ。食物連鎖の話になっちまってるよ」

出席者の言いたい放題になってきました。みんなの意見をだまって聞いていたぎんちゃんが、まっすぐ前を向いて大きな声で言いました。

「そうだね。ごめんよ。話を戻そう。どうやってここから安全な大きな森に移動するか、だよね。実は、私もこの地を離れようとしていたのさ。だからね、皆で逃げだそうかと相談しているんだよ！」

「カーッ？」

「シャーッ？」

「テフテフ？」

「ケーン？」

「ブーン？」

「ニャー？」

「カリカリ？」

「ゲロゲーロ？」

「・・・」

（続く）

十五　対話集会　その三

「カーッ！　どういうことだい。ぎんちゃん！　ここを売り払い、別なところに移住するのかい？」

「私は、この農家で働いているだけさ。もう年老いたから、田舎暮らしがしたくてね。都会の暮らしには疲れたよ。自然も少なくなるし。ここから北西に約五十キロメートル行ったところに、綺麗な山、川、田畑の自然がある。古い家を借りて自然の里で過ごす予定さ。さあ皆さん、どうしますか。私と移住しませんか？」

「ケーン！　どのくらい遠いのか分からないよ！　カラス君、教えておくれ」

「カーッ！　そうだな、俺らの空飛ぶ速さで、日の出に出れば朝飯前かね。ぎんちゃんが働き始める頃には着いてるよ。但し、カラスには近いが地上を歩けば、ぎんちゃんでも途中で一泊しないと着かないよ」

「心配しなくていいよ。皆を車に乗せて夜中に移動するから。きっと綺麗な自然だから、満足するよ」

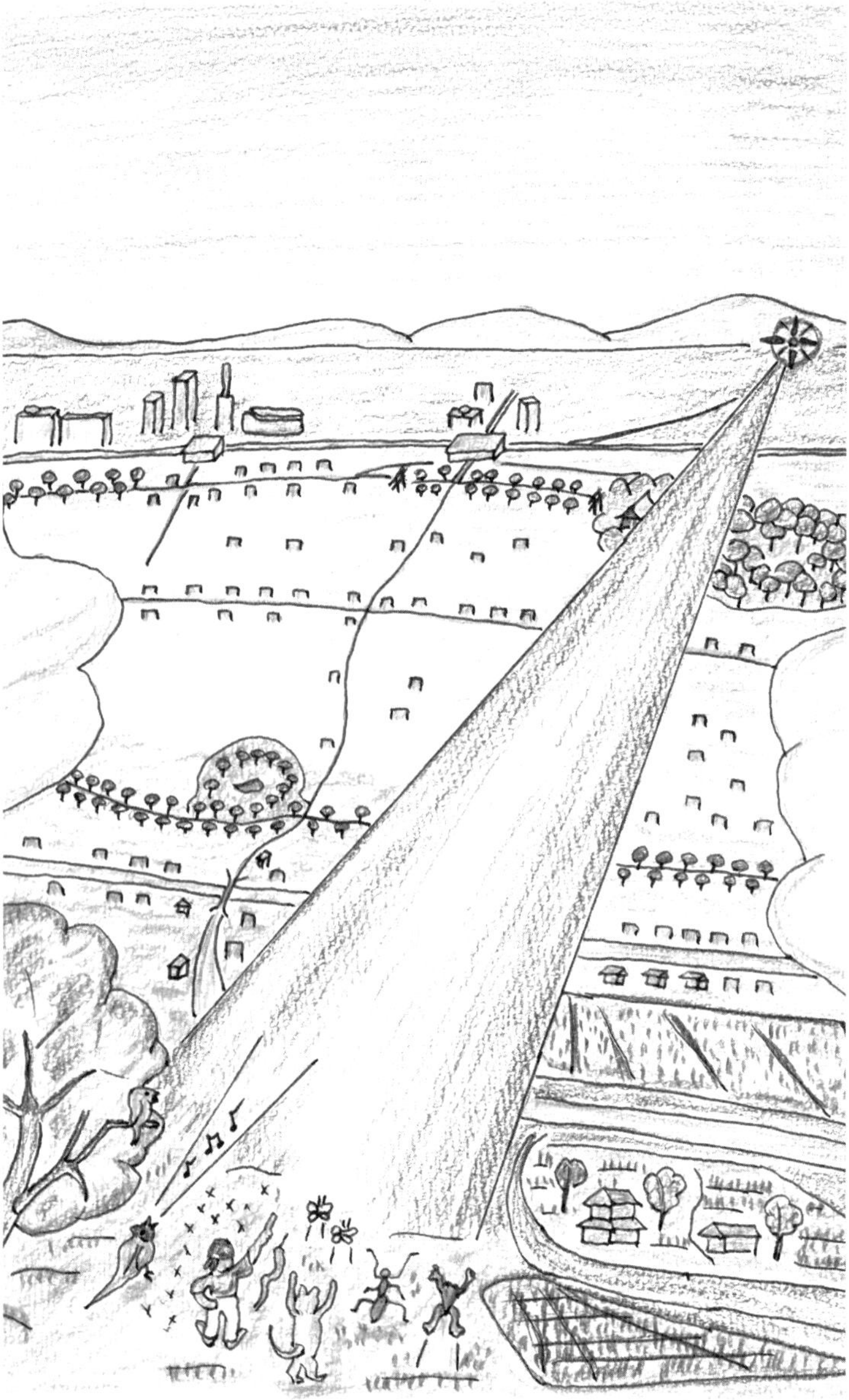

「カリカリ！　だけど、怖いよ！　知らないところは敵が分からないから、生きていけない」

「心配しなくていいよ。様子がわかるまで、家に入っていなさい。古い大きな家だから大丈夫ですよ。家の周りで生きていけるように世話するよ」

「皆さんの世代から、子孫が繁殖出来たことを見届けるよ。その頃に、私も寿命かもね」

「ニャーッ！　何でぎんちゃんは、そこまで俺たちのためにしてくれるんだい。ぎんちゃんが分からないよ？」

「この地球に生命が誕生してから、生物は長い、長い時間をかけて進化して来た。初めは皆同じだろうということ。その仲間が少しずつ絶滅していく。見ていられない。とんでもない時を重ねた進化が、愚かな人間のせいでいきなり消滅させられるのは見過ごせない。だからね、私のできることをやりたいのさ」

「ゲロゲーロ！　難しくてわかんないよ！　カラスさん、解説しておくれ？」

「カーッ！　ぎんちゃんと俺ら、そして皆も同じ生き物ってことさ。だから、仲間として助けたいってことだ」

「カリカリ！　そうなの？　皆が仲間なのに捕食しあうの？　よくわかんない？」

カマキリさんの疑問にぎんちゃんは言いました。

「それは、答えがないよね。残酷だけど。それで生態系のバランスが出来上がった。今はこれを維持するだけさ」

「ニャーッ！　ぎんちゃんについていくと面白そうだな。一緒に行くよ。だけど、飼い猫になるのはやだよ」

ぎんちゃんは改めてみんなにお願いしました。

「子孫を残すには、どのくらいの数が移動すればよいかを決めておくれ。そして仲間を連れてきてね」

「シャーッ！　いつなの？　仲間を探さないといけないから」

「この暑い夏の時期に移動だよ。あと三回夜を迎えた日没後だよ。いいね。今日来ていないコガネ蜘蛛さん、蟻さん、ヒヨドリさんが心配だね」

「カーッ！　ヒヨドリ君は何処へでも行くから大丈夫かな。蟻君は、地下生活だから大丈夫だろう。そもそも、女王蟻さんを見たこともないから話はできないよ。コガネ蜘蛛君がどうかだね。カマキリ君に伝えてもらいなよ」

テキパキと判断、指示をしていくカラスに、ぎんちゃんは感心してしまいました。

「わかった。それと、このケヤキ大木さんの苗木を持って行くから安心してね。きっと、同じ森になるよ。ところで、カラスさんはどうするの。一緒に来るかい？」

「カーッ！　見張り番がいないと危なくて見てられないよ。高みの見物係ということで一緒に行くよ」

ぎんちゃんはカラスとみんなに言いました。

「カラスさん、ラーメンは諦めてね。では各々方、抜かりなく準備してね」

（続く）

十五　対話集会　その四

三日目の日没が近づいて来ます。ぎんちゃんは大きな車と、動物たちが揉めないようにケージを用意しました。蚊さん、アマガエルさん、カマキリさんは昨夜から特別なケージでくつろいでいます。

「ケーン！　間に合ったかな。仲間を集めるのに苦労したよ。誰も来てないね。忘れたのか、不幸があったのかな？」

「カーッ！　ここから見張りをしているよ。怪しまれないようにね」

「ありがとう。カラスさん」

「カーッ！　縄張り争いがあるから多めに移住するよ」

「ニャーッ！　ゴタゴタがあってね。飼い猫の三毛さんが、家出して着いてくると言い出して、駆け落ちってやつだね」

「ちょっと厄介だけど、自己判断で良いですよ（注釈9）」

「シャーッ！　もういいのかな。昨夜からこの竹藪に隠れてた。頭が見えなかった

かい」

「ゲロゲーロ！　ぎんちゃんの用意した水槽は気持ちいいよ！　皆でくつろいじゃったよ。天敵もいないし。ぎんちゃんのペットになっちまおうかと話してたよ」

「カリカリ！　私たちも、この箱の中が快適だったわ。久しぶりにぐっすりと寝られた。お腹が空いたけど」

「ブーン！　我々も水槽でくつろいだよ。天敵もいないし快適だ！」

「テフテフ！　我々は、舞いながら求愛の戦いをするから、この入れ物は小さいよ。だから、既にファイトしてカップルになったものを集めた。あとは、ゆっくりと次の場所で卵を産むよ」

　みんなそれぞれ移動環境に安心しているようです。ぎんちゃんは言いました。

「車の中で揉めないように、別々の囲いのなかに入ってね。これで全部ですかね。コガネ蜘蛛さんが見当たらない。どうしよう」

「カリカリ！　あそこにいるわよ。鳴かないから、蜘蛛の巣に書いておくって！　なんて書いてあるの？」

「〝WITH　GINJI〟だって。一緒に行くようだね。ではこれで全部ですかね。夜逃げ決行です」

「カラスさんも一緒に乗るよね」

「カーッ！　狭いとこは嫌いだけど、夜はしょうがない。我慢するよ」

「では、ぐっすりと休んでね。明日の日の出には新しい森に入れるよ」


車の中でみんな賑やかに話しています。興奮してか全員がケージから出てきています。

「カーッ！　環境適応なんて言ってないで、棲みたい場所を作り出す進化が我等にも必要だね。蟻さんたちは、すごいよね。地下に自分等のコロニー（注釈10）を作っているんだろう。キノコの栽培や、油虫を家畜にして、その体液を飲んでいる。凄すぎるよ」

「ニャーッ！　自分等の社会をクリエイトね。食い物が自給自足できればね。魚の養殖でもやるかな、三毛さんと」

「ニャン！　毎日、川魚の生ですか？　慣れるまでが大変です」

「カリカリ！　我々は、賢い寄生虫に体を間借りされちゃう。怖いよ！　ずるいけどすごいよね。それに打ち勝つ知恵を持たないと生きられない」

「シャーッ！　カブトムシさんは、雄同士の喧嘩の時に、雌を他の雄カブトムシが奪うんだって。そうやって騙してでも知恵を出せる生き物が子孫を残せるのかね？　淘汰された生き物は、生きるのが下手だったからかね？　そう簡単に自分を変えられないよ」

　蛇のこの意見に、ぎんちゃんが口をはさみました。

「人間にも同じことがあるよ。稼げないと結婚も大変だし、子孫も残せない。これも生存競争だろう」

「カーッ！　人間は全員が幸せでも無いようだね？　自分等で棲みやすい環境を作ったんだろ？」

　そうカラスに言われて、ぎんちゃんは首を振りました。

「作られた環境に全員が適応できる訳でもないさ。私も我慢していた人間だもの。息苦しかった」

「カーッ！　ぎんちゃんが蟻さんだったら、巣から追い出されて、死んじゃうよ。集団の力は凄いからはみ出せない。カラスだって集団でないと生きられないよ。何が良いかは分からないが、子孫が残せる環境を見つけて棲みやすくすることだね、きっと」

「生き物は、共生できるかな？　人間は牛、豚、鶏を家畜にしてしまった。犬、猫は協同しているが自由を奪った。搾取でない共生は有るかも」

「カーッ！　コガネ蜘蛛さんがなんか書いてるよ〟FOR SALE〝だって。なんだい、ぎんちゃん？」

「コガネ蜘蛛さんは、蜘蛛の糸を売って生活するって。いいね！」

「ゲロゲーロ！　共生は、助け合いにもなるのかい？　助け合っても、食物連鎖は存在する。何で食われてしまうのか？　人間は、いつか誰かに殺されると思って生きてるかい？　生きようと頑張るけど、それを止めさせる生き物もいるよ。考えてもしょうがないけど」

「答えが無いくらい難しいけど、また話しましょう。皆さん、休んでね。夜明けは近いよ。家の前で日の出を迎えるよ」

（続く）

注釈９　飼い猫が迷子になって発見された場合、近隣の家々に連絡するなどして戻してあげることが常識ですが、このお話の中では、猫も人間と対等に生きているという価値観から、自己判断という言葉を使わせて頂きました。

注釈10　コロニー（ｃｏｌｏｎｙ）
一地域に定着した同一種または、若干種の生物集団。
（広辞苑抜粋）

十五　対話集会　その五

「長い長い時を重ね進化した生きとし生けるものよ。そしてこの宇宙を創造した神よ。我々は、ここに生態系の再生を細やかながらに誓う。生きとし生けるものの進化を見守りたまへ」

ぎんちゃんが低い声で厳かに唱えました。

「カーッ！　ぎんちゃんが、俺らのことを考えてくれてることに感謝するよ。生き延びるってことだね。ただ、今は、人間が反省すればすむことばかりだよ。反省が出来ないほど生きるのが大変かい。人間がダメなら俺たちなんかもっと生きられないよ」

「すまん！　そうだと思う。競争の限度を知らない。自滅がわかってても競争する。充足を知らない」

「ブーン！　難しいことは、後にして、食べたいよ。餌を探させておくれ」

「ケーン！　では新しい森に入ろうか。近くにしばらくは居るから安心してね」

「大型の動物が居るから、遠くには行かないように！　家の片付けをしてるから、縁

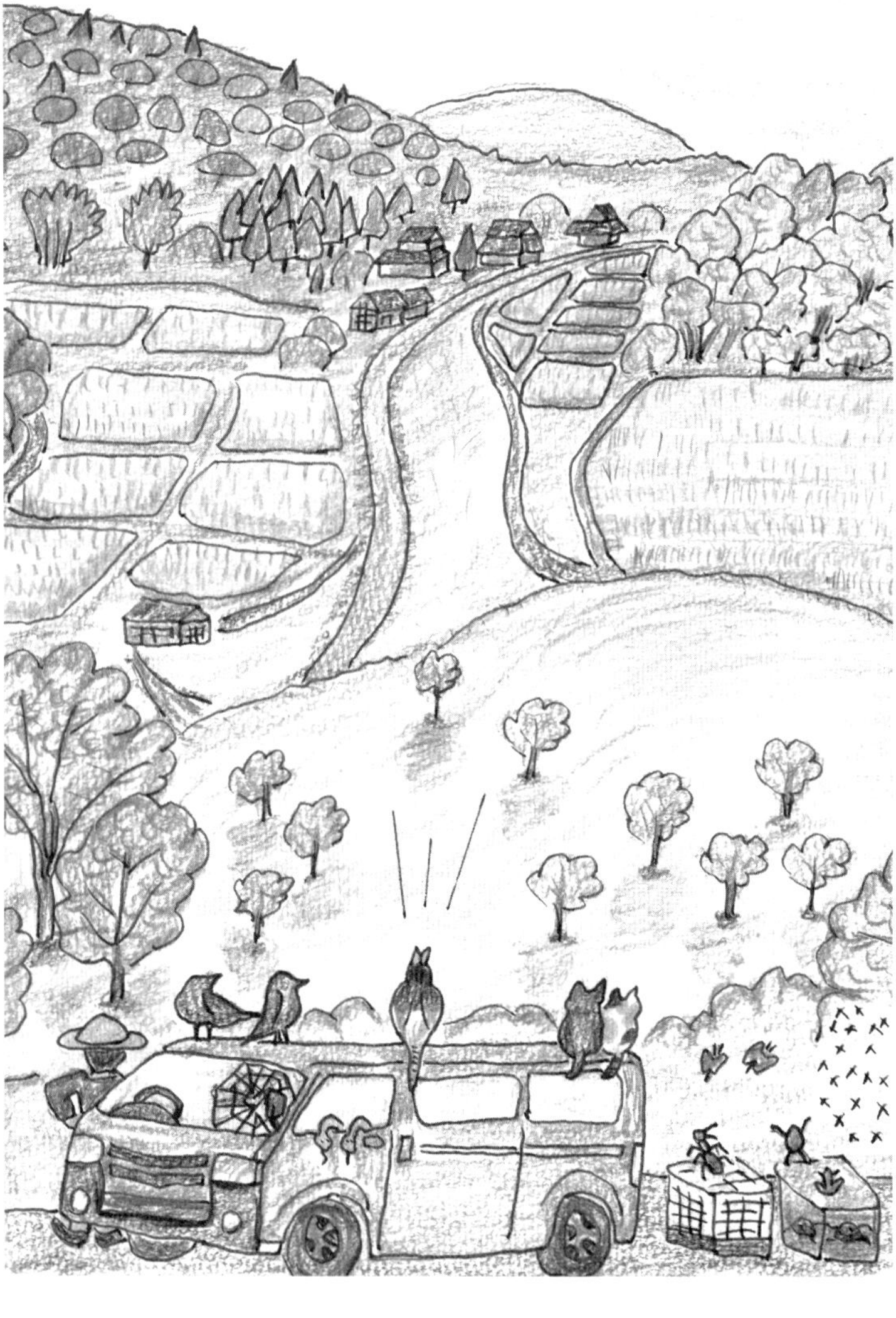

側の近くにいてもいいよ。確かめながら動いてね」

「シャーッ！　人間ほど鈍感ではないよ」

「ゲロゲーロ！　家の古池は使えるかい。間借りさせておくれよ」

「ブーン！　我々も間借りするか。アマガエルさんに食われちゃうかな？」

「”STAY HOME“」

「コガネ蜘蛛さん、わかったよ。天井に巣を作りなよ」

十六　里山の生活

子供のころ、夏の深夜に、裏の畑に出たことがある。山が近くにあるせいか、むせかえるような植物の呼吸を感じられた。静寂な暗闇の中に私の体を呑み込むような生き物が潜んでいるという熱気を感じた。あの元体験に戻りたいと、大人になってからも、たびたび思い出していた。

遊び相手は昆虫であり、里山の森のなかの隠れ家に入り浸っていたことが忘れられない。老いていくこの時に、最後のチャンスと思い移住を決意した。移住した古民家には大きな囲炉裏がある。一番の楽しみは、夕食（五十五年前を懐かしみ、夕餉《ゆうげ》（注釈11）としたい）を、囲炉裏の火で作ることだ。そして、ほんの数合のお酒を飲みながら、薄暗い中で、囲炉裏の火を見ながら夕餉を楽しむ。昨夜は、嬉しくてそこに横になって寝てしまった。

2021

一日目の朝

日の出の少し前の薄暗がり時に起きて、家の周りを見て回る。自然の目覚めを体感する清廉な時だ。

ひょっとしたら、私の目覚めに気付いて、小動物が近寄ってきてくれるかな、と期待もする。移住を一緒にした生き物たちは、大丈夫だろうか。環境に適応できるか心配だ。

「黒猫さんと三毛さんは、ゆっくり休めたかい？」

「ニャーッ！　すまんね。三毛さんが飼い猫だから、怖がって森には入れなかったよ。すっかり、家の中で寝させてもらった。三毛さんは、ぎんちゃんが好きになっちゃったみたいだ」

「嫌なのかい？　拘束はしないから、家に入りなよ。お願いがある。ネズミさんは追い出しておくれ。この家を守ってくれたら、お礼に食糧は出すよ。三毛さんはどこにいるの？」

「ニャーッ！　腹が空いたので、餌を探しに行きたいが怖がって出てこない。俺らが出掛けている間は、ぎんちゃんの世話になるよ」

「なかなか難しいね。自由な世界に飛び出した飼い猫が、その現実の過酷さに気付く、ですかね」

「連れ出した責任があるから、ぎんちゃんは、余り甘やかさないでね。人間を恋しくなるのは困るよ」

「ネズミさんや小鳥さんを捕れるまでになりますかね？　やれやれ」

注釈11　夕餉《ゆうげ》
やや古風な言い方で、夕方の食事。晩飯。
（明鏡国語辞典）

十七　猫さんとの対話

「馴れるまで家にいてもいいよ。私は、家で猫を飼わないことにしているので、あまり期待はしないでね」

ぎんちゃんがそう言うと、猫は首をかしげて聞きました。

「ぎんちゃんは、猫が嫌いかい？　三毛さんが寂しそうだよ。なぜだい？」

「子供の頃、飼い猫がいて、子供を四、五匹生んだ。育てる余裕などなくて、子供を捨ててしまった。今でも悪夢が甦る。何であんなことしたのかと。いくら親の命令といいながら、辛かった」

「どこに捨てたんだい」

「山の中では、他の動物に食べられてしまうだろう。残酷だ。それで、眠りながら、亡くなるよう大きめの缶に入れて、川に流した。ゆらゆらと揺られながら（涙）。もう、絶対に猫は飼わないことに決めた」

黒猫と三毛猫は驚いてぎんちゃんの顔をまじまじと見ました。そんなことをする人

には見えなかったからです。でもこれはぎんちゃんの子供のころの話しです。

「人間は、勝手だね。誰かに譲れなかったのかい？　田舎なら、農家でも必要とされたろうに？」

「無かったみたい。辛かった。だから、残った母猫は最後まで面倒を見たよ。だけどね」

ぎんちゃんの眼に涙がたまっています。ぎんちゃんは言葉に詰まりました。

「どうしたの、ぎんちゃん。泣いてるのかい？」

「原因不明の病気になって動けなくなった。土間《どま》（注釈12）にゴロンと苦しそうに寝ていた。薬を飲ませて、様子を見ていたが、ほんの一瞬の隙に家を出ようとする。また、土間に連れてきて休ませる。しばらくして、様子を見に行ったら、居なかった。さほど時間がたっていないので、家の廻りをくまなく探したけど、どこにもいない。次の日も、また次の日も、探したが居なかった。今も分からない。この家が嫌いだったのかな、と子供ながら泣いた。猫さんは、死を感じると身を隠すのは本当かい？」

「生存の仕方だから教えないよ。深く考えなくていいよ。その気持ちだけでいいよ。飼い猫が全部幸せというわけでは無いようだね。三毛さんはどうだったの？」

黒猫から話を振られて、三毛猫は姿勢を正して言いました。

「ニャン！　家のなかだけでは、苦しくなります。窓の外の世界を歩きたかった。黒猫さんが羨ましかった。だけど、実際、外に出ると大変なのがわかった。どうしたらいいの？」

ぎんちゃんは優しい声で言いました。

「野生と飼い猫の中間で生きなよ。家の近くに住んで、自由に家に入っていいよ。だけど、ネズミさんは追い払ってね」

「ニャーッ！　共生って言っているやつかね。やってみるよ。三毛さんは、少しは安心したかな？」

「ニャン！」

注釈12　土間《どま》
家の中で床を張らず土足で歩く場所。古くから農作業の場所とされた。都市生活の場では必要性がなくなるとともに狭くなり、今日では玄関の入口だけが土間になることが多い。
（ブリタニカ国際大百科事典抜粋）

十七　猫に関わる話　心の闇

　私は暗闇のなかをひたすら逃げた。何かの集団が追っかけてくる。すごい数のようだ。月明かりのなか、河原の広場に出た。追っかけてくる者を確認しようと岩陰に隠れて見返す。そこには恐ろしいほどの野良猫の眼だけが輝いていた。そして、怒り狂った話し声が聞こえてくる。

「どこへ行った！　私の子猫を川に流して捨てた子供は！」

「皆の衆！　この奥さんの悲しみと怒りのためにも、子供を見つけ出して、あの大きな樽の中に詰め込んでおくれ！　そして今夜それをここから流すから！」

「うおーっ！　探すぞ！」

「何てこった！　俺は猫に殺されるのか！　それも川流しだ！」

　私はその場で気絶してしまった。

　猫の舌で舐められるような、ざらついた気分の悪さで目が覚めた。暗闇のなかである。

「ワーッ！　助けてくれ！」と大声を出して、電灯をつける。

鼻の辺りから生暖かい液体が流れ出ている。「ワーッ！　血だ！　これは夢ではない、殺される！　俺は食い殺される！」

直ぐに、それが鼻血と私は気づく。そして、その鼻血をペロペロと舐めていたのが、この飼い猫だ。血の臭いに猫の闘争本能が刺激されたのだろうか、鋭い目で私の周りをうろつき回る。

「血が好きなのかい、それとも俺が憎いのかい、殺したいのかい？」

私は無言のままに、興奮した猫と、そのまま朝まで暗闇の中で震えていた。私は、ただ一言呟いた。

「どうにでもしていいよ」

十八　蛇さんとの対話

「畑が草だらけだから、草刈して耕す準備をしよう。でも、ここに住み着いた生き物がいるかもしれないな。カマキリさん、蛇さんは居ますかね？」

草だらけの畑に向かってぎんちゃんがこう言うと、カサカサと草をかき分けて、カマキリが出てきました。

「カリカリ！　ぎんちゃん、藪を倒すのかい？　せっかく、安住できそうなのに。食べ物もいっぱいあるし。ぎんちゃんは入り込んだらダメだよ！　虫が逃げちゃう！」

「あら、困った！　手付かずの藪だから、虫たちの棲みかになっているね。少し考えるよ。今年は無理かな」

ゴソゴソゴソ。続いて蛇も出てきました。

「シャーッ！　ここは住み心地がいいね！　やはり、人間が入り込まないからいいよ。

ぎんちゃんは約束しただろ！　凄い自然があるからって！　入り込まないでおくれ」

「そうだね。蛇さんが藪にいるなら入れないよ。小さい頃、山の中や河原の藪の中で

2021

蛇さんには何度も威嚇されたよ。あれから蛇さんが怖くてね。木に巻きついて、目線の高さで威嚇してくる蛇！　藪の中の小道を横断するかのように胴の部分しか見えない太い蛇！　土手を這い上がったら、目先でとぐろを巻く子供の蛇！　いつも、いつも怖くなって百メートルダッシュで逃げた！　怖かった！」

「シャーッ！　怖がって人が寄り付かないから助かるよ。ぎんちゃんの天敵は蛇かね。夜中に家に進入して、布団に入ってやろうか」

「やめておくれ、身震いするよ。もっと上手く共生しようよ」

「シャーッ！　蛇は昔から、人間に好かれていたと聞いているよ。青大将さん（注釈13）は、家の中でネズミを食べたので守り神になっていた。もっと尊敬してよ。俺らは小振りだからネズミは食えないけど、抑止にはなるよ」

「いいね。共生を考えよう。だけど一緒には寝たくないからね」

注釈13　青大将　ナミヘビ科の無毒ヘビ。日本最大で全長の平均は1・5m、大きな個体は2mを超える。北海道〜九州に分布。性質はおとなしく、平地の耕作地などにすみ、ネズミ類を求めて人家や倉庫にも入ってくる。鳥のひなや卵を食べるが、ネズミを捕食するので有益。（百科事典マイペディア抜粋）

十九　カマキリさんとの対話

「藪の中のカマキリさん、大丈夫かな？」

「深いみどりの自然が最高だよ。こんなの初めてだし、昆虫が多いね。前の場所とは全然違う」

カマキリは大満足といった様子です。

「良かった。ここでいっぱい子孫を残してね。それと、強いカマキリさんには、生き方を教えてもらったよ。ありがとう。諦めず生きていけそうだよ」

「大きいものにも立ち向かって行かないと。怯んだら敗けだよ、ぎんちゃん。その繊細さを悟られたら、やられちゃうからね。逃げるが勝ちなんてのは、最後の最後だよ」

「本当にカマキリさんは強いね。その性格が欲しいよ」

「面白いね、ぎんちゃんは。毎日アドバイスしてやろうか。耳の後ろにいつも乗っけて歩きなよ。指示してあげる。もっと静かに待ち伏せ！　すかさず相手を羽交い締め！　もっと大きくなって威嚇！　それ以上は無理だ、逃げろ！ってね。やってみ

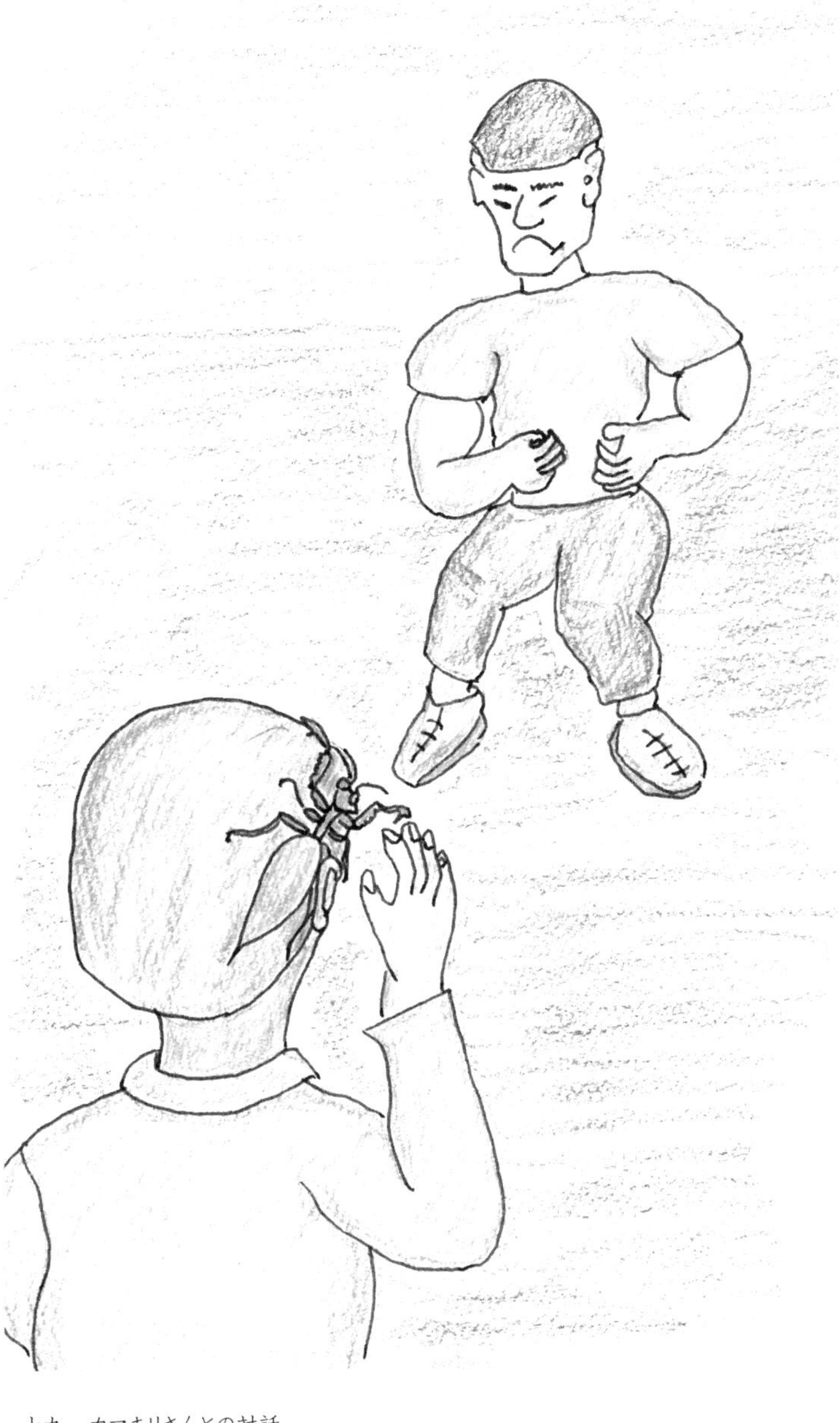

る？　うふふ」

「ダメだよ。それは、人間社会では喧嘩であり、犯罪者になるよ。もっと精神的でないと」

「それは無理ですね。ずっとにらめっこになっちゃう。人間は、喧嘩も出来ないのに、強さの見栄を張り合うのかい。人間の強さはなんだろう」

カマキリにそう聞かれて、ぎんちゃんは「人間の強さってなんだろう」と腕を組んで考えました。頭をひねって考えました。

「分からない。複雑な社会になりすぎて。だけど、生き延びたのが強さの一つであることは確かかな」

ようやく出てきたぎんちゃんの答えでしたが、カマキリには意味がわかりませんでした。そして、自分の質問が悪かったのかと思いました。

「一緒に移住した生き物達が言ってた。ぎんちゃんには質問するなと。解決しない自問自答が始まるって。悩まず、今を生き抜いてよ。私らは子孫を残す準備に入るから、これでぎんちゃんとはお別れするね。来年は子供たちが出てくるからよろしく」

「強いカマキリさんが、私の周りを囲むのかい？　怖いようで頼もしい。楽しみにしてるよ」

「ぎんちゃんは、本当にややこしいね」

二十　カラスさんとの対話

「朝から鳴かなかったけど、どうしたの、カラスさん」

「知らないところで目立つと、縄張り争いが起きる。様子を見て、暗黙の定住を画策しているのさ。いざとなれば争うけどね。今のところ、大丈夫だね。知らない人間が入りこんだから、様子を見ているようだ。既に家の廻りを俺らの仲間が固めたから、大丈夫だろう」

「カラスさんは、集団で争うから大変だね。では、この前の続きを話そうか」

ぎんちゃんにそう言われ、カラスはキョトンとしています。

「何だっけな？　ぎんちゃんを助けろ、かな」

「人間以外の動物は生存本能が鋭く、危険予知ができる。これを、人間は予知能力の超常現象といい科学的に証明できないと信じない。でも私は、人間だけがこの本能を退化させていると思っている。以前、畑でカラスさんと静止したまま、にらめっこをやったの覚えているよね。私がテレパシーを送ったのを感じているだろ？　いたずら

を止めろ、と。そのあと、わずかな私の動きで逃げるよね。わかるのだろ、怒られるのが」

「ぎんちゃんは、他の人間と違うよ。伝わるオーラが強すぎる。最初は何でそんなに怒ってるのかが分からなかった。普通の人間なら、からかっちゃうけどね。もう一度聞くけど何で怒ってるの？」

「それだよ！　人の強弱を見抜いて、いたずらをする。それも高みの見物だよね。ずるいんだよ！　地上に降りろ、と怒ってた。でも今は違うよ。気付いた。失っている危険予知の能力をよみがえらせようと。それは、生存本能を研ぎ澄まし、諦めないで生きるってこと。それを教えてくれたのは、一緒に移住した皆さんだよ。ありがとう。出来れば、テレパシーで、カラスさんと繋がりたい」

　カラスはやっぱり、ぎんちゃんの言っている意味がわかりません。

「ちょっと厄介だな」

「予知能力を鋭くしたいので、今までのように、近距離でにらめっこをしてくれればよいよ。私がメッセージを伝えるよ、無言で。だから、理解できたか反応してね」

「厄介だな、ぎんちゃんは！　だけど、面白そうだから、やるよ」

二十一　コガネ蜘蛛さんとの対話

「コガネ蜘蛛さん、巣を作ったね。朝露できれいに輝いている。大丈夫ですか」

「ここらへんは虫が多いね。助かるよ」

「前々から、道具を用いて獲物を捕る生き物は、蜘蛛さんしかいないな、と考えてたんですよ。ほかにいないでしょ、罠を作る生き物なんて？」

「そうだね。いないかな」

　コガネ蜘蛛はすっかりご満悦です。ぎんちゃんは質問しました。

「蜘蛛の巣を作って、獲物を捕るきっかけはなんだい？」

「地上で獲物を探すより、空中をさまよう昆虫を捕獲することに先祖が気づいたんだ（注釈14）。空飛ぶ虫が昔は多かったのだろう。地上にトンネル状の巣を作って捕獲するのもいるが捕獲する効率を選んだ。じっと待って一匹を捕まえるより同時に二匹掛かることもある。無駄がないね。ただ、虫の多いところに移動することが重要だよ。最近、虫の大群がいないね。大変だよ。また地上に戻って獲物を探すかな」

NO ENTRY!

「かなり賢い進化だね。だけど空飛ぶ虫が多い場所は分かるのかい？」

「ぎんちゃんの家の天井には、いっぱい蜘蛛の巣があるだろう。家に住み着くハエや小さな虫がいっぱいいるから、最高だよ。俺らは大型の蝶やセミが食いたいから、畑がいいけどね。ぎんちゃんが、朝の野菜収穫で、蜘蛛の巣を壊すから、皆が怒ってたよ。ここではやめておくれよ」

そう言われても収穫は大事なので、ぎんちゃんも困ってしまいます。

「悪いね。いつも、顔が蜘蛛の巣だらけだった。また蜘蛛さんが巣を作るのは大変だろうとは思っていた。今度は通路には作らないでよ」

「やはり、人間が藪の中に入り込むとダメになる。ここでは、入らないでね。蜘蛛の巣に〝NO ENTRY〟と描いておくから注意してね」

「わかったよ」

注釈14　蜘蛛が地上ではなく空中に巣を作り獲物を捕獲するのは、蜘蛛の眼がさほど良くないという研究結果があるが、本文では効率という設定にさせて頂いた。

二十二　アマガエルさんとの対話

「田んぼから少し離れてるけど、生きられそうかい、アマガエルさん？」

「湿地はあるから、大丈夫かな。出来れば、大きめの沼地があると住みやすいけどね。湧き水があるから、住みやすいよ。人間は入り込まないでね」

「わかったよ。ところで、来年の春までには小さな畑をこの近くに作るから、野菜の虫は追い払ってね。食べてくれとは言えないけど！」

「何でそんなに、気が小さいの！　餌になる虫は食べるよ。気にしないでよ。虫さんだって、うまい野菜があればいっぱい増えるよ。それが自然界のバランスだから、気にしないでよ」

「つい、生き物を全て守りたくなってしまう。間違いかな？」

ぎんちゃんはずっと思っていたことをアマガエルに話しました。

「また、解決しない自問自答が始まった。今までの進化の時と同じくらい考えないと結論はないよ。我々の短命な生き物には時間がない。人間がよく考えてよ！」

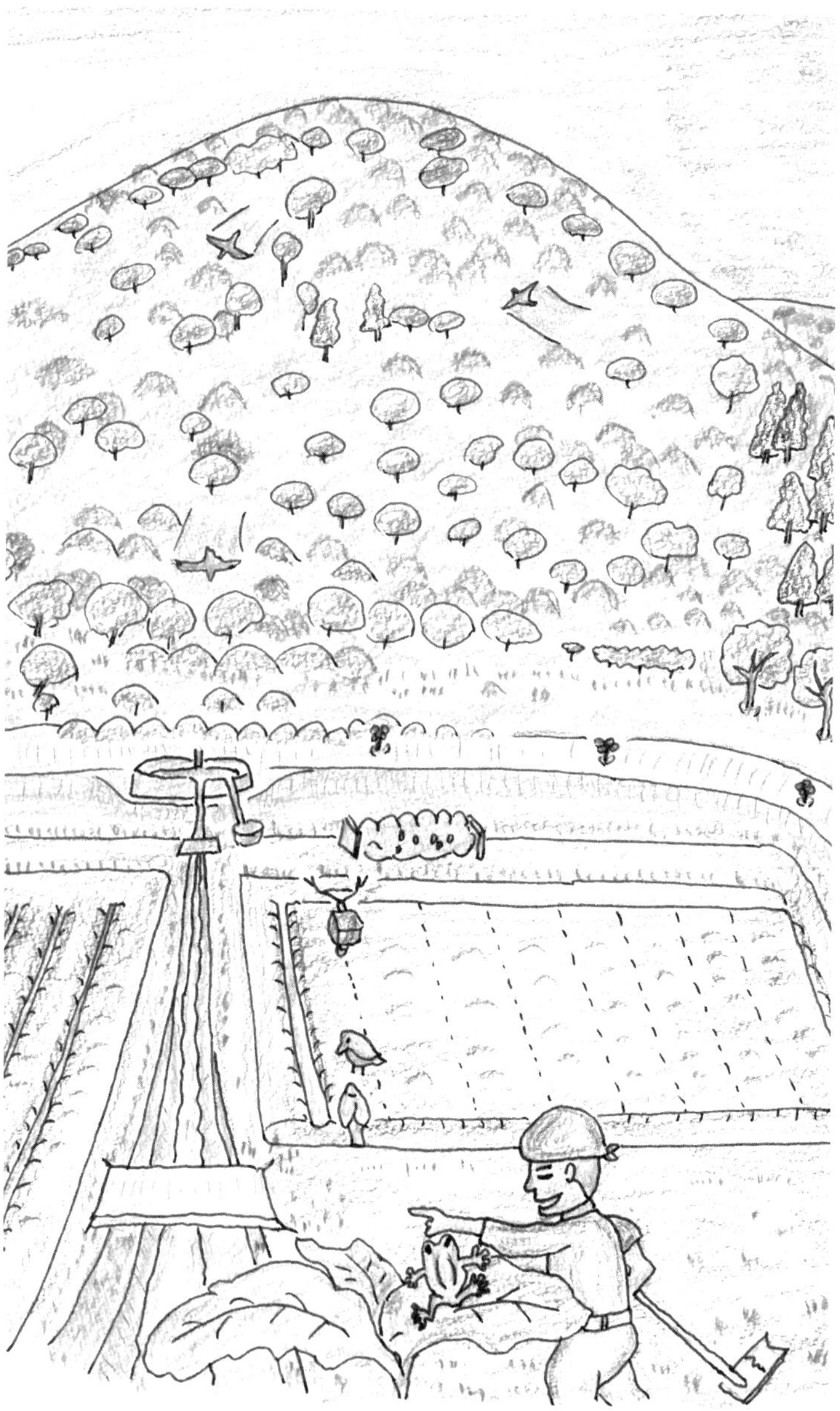

「では、当面この環境で越冬してね。気をつけて！」

「次に会う時は、きっと我々の子供達だよ。ぎんちゃんの家の近くで生まれてくるから、少しは守ってね」

「わかったよ。なんか寂しいね」

「ぎんちゃんは、優しいね」

二十三　蝶さんとの対話

「蝶さんが住み着ける野菜畑が無くて大丈夫かな？　野花はいっぱいあるけど」

　ぎんちゃんは心配して、蝶にたずねました。

「芋虫は柔らかい野菜の葉っぱが大好きなんだけど、ここにはないね。どこに産卵しようか迷ってるよ。だけど、裏山の植物は種類が豊富だから、野菜に頼らなくても産卵はできるよ。逆に、野菜は刈り取りが早いから、産卵しても捨てられちゃう。自然の森のなかで、ゆっくり生き延びるよ。心配しないで」

「それがいいね。野菜に産卵されると、私と喧嘩になるよ。前みたいに、網をもって蝶さんを血相変えて追いかけるのはいやだよ」

「本当だよ、ぎんちゃん！　捕まって殺されるところだったよ！　よく改心したね。農業が嫌になったのかい？」

「いや、そうじゃないんだ。生き物を本気で怒って追いかけている自分が情けなくなった。だから、そのイライラから解放するために、この里山に移住したんだよ。皆

を自由にするために、と言いながら、道連れにしちゃったね。ごめんよ。自由に里山を利用してね」

「敵対関係にならないように生きたいね。葉っぱの野菜じゃなくて、地中の作物にしなよ。そうすればイライラから解放されるだろ？」

これは、蝶が蝶なりに一生懸命考えた提案でした。だから、ぎんちゃんは笑わないで言いました。

「なんか変なアドバイスだけど正しいね。来年の春に、蝶さんがいっぱい舞っていても、怒らず風流に構えて見守るよ」

「では、春のうららの里山に、花吹雪のように、優雅に舞って見せましょう」

「イヨーッ！　日本一！」

「これで和解ということで。子孫をよろしくね」

二十四　雉さんとの対話

「鳴き声がしないが、大丈夫かな、雉さんは？」

山奥まで入った雉さんに伝えておくべき大事な注意事項を、ぎんちゃんは忘れていたのです。

「心配だなあ。秋が近付くと狩猟が解禁になるかもしれない。雉さんに伝えておけば良かった」

そこへ、ひょっこりと雉が現れました。

「あまり様子が分からないから、鳴けなかった。大丈夫だよ、ぎんちゃん」

ぎんちゃんはホッと胸をなでおろしました。

「秋から冬は狩猟が解禁になるかもしれないから、撃たれないように、私の家の近くにいなよ」

「有難いけど、里山の奥に棲むよ」

雉はぎんちゃんの申し出を断りました。ぎんちゃんは少し寂しい表情を浮かべて言

いました。

「人間は勝手だから、人間に対して鳥獣の害がでないように狩猟を認めている。雉さんが、犬や人間に追われているのを考えると寂しいね」

「おいらの前ではいいけど、農家の人の前では、そんなことを言っていたら、嫌われるよ。おいらのことは気にしないでよ。生き抜くから」

雉にそう言われて、ぎんちゃんは人間がいやになってきました。

「人間は、自分勝手だよね。国鳥と言ったり、雉は旨いと言ったり。人間の私でさえゾッとするよ！（注釈15）」

「もういいよ。あまり自己否定しないで。おいらは気高く生き抜くから」

「皆を守るために、この山を全部私有地にするから待っててね」

「子孫の代でね」

注釈15　狩猟の問題点は、生態系の個体数のバランスの崩壊の問題が現実的にあるが、今後は〝動物の権利侵害〟という新しいステージで見直されるべきと著者は考え、〝人間は自分勝手〟と表現させて頂く。

二十五　蚊さんとの対話

「この里山では、風があったり、朝晩がひんやりしていたりで、蚊さんには住みにくいかな？」

ぎんちゃんは藪のなかをのぞきながら、蚊にたずねました。

「藪のなかは、昼間の日光で暖まっていて快適だよ。この藪は切り倒さないでおくれ」

「蚊さんが住み着くには家に近いね。私を皆が狙って来るのだろ？　それも困るな。藪の畑をもう少し里山に近付けるから、来年はそっちにしておくれ」

「それは、わがままだよ。我々の集団が移ったって、他の蚊は、いっぱい居るよ。ぎんちゃんが逃げなよ」

「ややこしくなったね。生きるのは大変だね。蚊取線香を使うから、近付かないで。ここは、畑だから、里山に移動できるように考えておくよ。もっと広くなるから」

ぎんちゃんは蚊と仲良くしたいけど、蚊に刺されるのはいやなだけなのです。

「快適な場所は自分で決めるから、構わないで！　もう子孫のことを考えないと時間

ないから、これでぎんちゃんとは最後だね。この場所で生きていけると思うから、安心して。蚊の多いのは、自然環境が凄く安定してる証拠だと喜んでよ。我々の子孫は、天敵が増えてビクビクするけど、生命はつなげられるよ。だから、入り込まないでね。さようなら、ぎんちゃん」

「寂しいね。数年後に、蚊の大群が、家の回りに集まるのを楽しみにしてるよ」

「なんかややこしい敵対関係だね」

二十六　ケヤキ大木さんの苗木との対話

ぎんちゃんは以前住んでいた家から、ケヤキ大木さんの苗木を五つ持ってきていました。早くに定植してあげないと。だけど、百年以上生きて欲しいので、植える場所や方法を慎重に考えないといけません。残酷だけど、自然の森を復活させるには、ある程度に密植して競争させ、淘汰を待つのだと学者が言っていました。苗を植えても生きられないものが同じ種にあるなんて残酷です。間引きを前提に植えるなんて、ぎんちゃんにはできません。

「困ったな。どうしようか。さいたま市の氷川神社参道のケヤキ大木のような間隔に植えてあげよう。幹の太さが一メートル越えても間隔は大丈夫だ。それと、家からも離して日照を確保できるようにしておこう」

「これを植えるということは、この土地を自分の所有にしないといけない。その覚悟と購入交渉は大丈夫かな。やるよ、やるしかない。再開発で、切りたおされるであろう親木のケヤキ大木さんとの約束だからね」

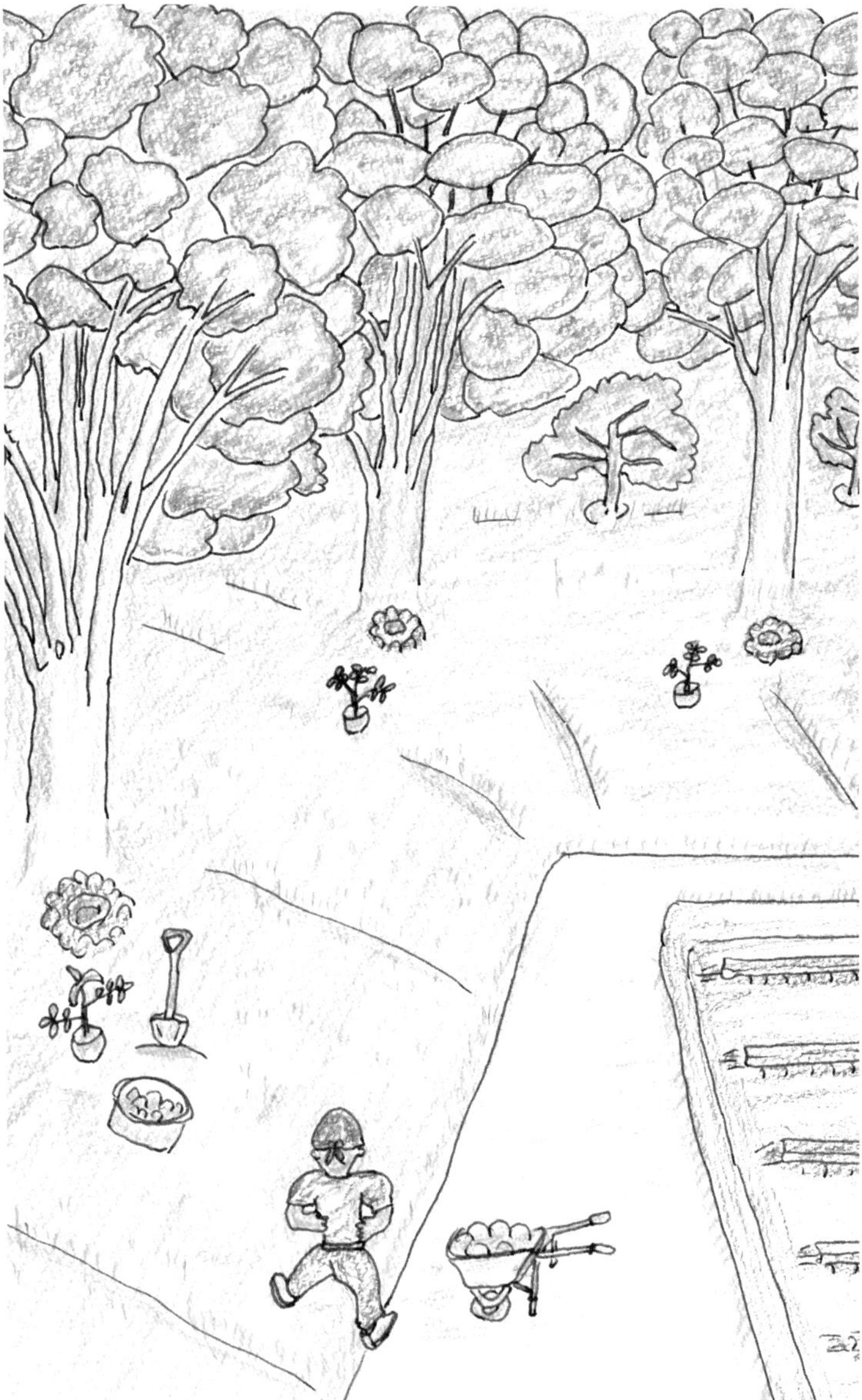

ぎんちゃんは五本の苗を、間隔を大きく開けて植えました。

「苗木さん、ここでよいかい。五本ともに、ゆっくり、立派に育ってね。誰にもじゃまさせないよ」

「ぎんちゃん、ありがとう。ゆっくりと、ここに根付いて生き抜くよ」

百年後を見据えて、植林を終えたぎんちゃんの責任も大きくなりました。

二十七　秋の訪れ

すっかり涼しくなり、秋が訪れました。生存期間の短いカマキリさん、蝶さん、蚊さん、コガネ蜘蛛さんは、子孫を残す準備は出来ただろうか。アマガエルさんや蛇さんも生まれた場所でないから、越冬して子孫を繋げられるでしょうか。人間より生存本能があるから、大丈夫でしょう。夏の終わりに、ぎんちゃんはみんなには、

「これから寒くなるけど、各々で上手く生きてください。私もここで生活しているから、安住の住み処にしてください」

と約束をしました。

私ももう六十五歳になりました。あと何年生きられるかわからないが、この土地を購入しておかないと約束は守れません。何とかお金を工面しないといけません。それを自分の最後の仕事にしよう。もっと働かないと、とぎんちゃんは思いました。

持ってきたケヤキ大木の苗木も家の廻りに植えました。この世を去るときには森となったこの土地を町に寄付して、自然の里にしてもらうのが良いでしょう。手入れの

要らない自然のままでいいのです。出来れば裏山まで購入しておかないと約束を守れません。うっそうとした植物の息吹の中で、生き物たちには命を繋いで欲しい。あと五年間頑張って、この土地を購入しようと思いました。

二十八　ぎんちゃんのその後

ぎんちゃんの生き様を書かないと話は終わりません。ぎんちゃんは優しい人だから苦労する、と言うのが理解しやすいでしょう。他人に優しくすると、その人が豹変して高圧的になります。小さい頃からそんなことの繰り返しでした。「優しいのは弱い人間だ」とまでに居直ってしまいました。けれど、生まれつきの性格は、変わりようがありません。悩んだけど、五十歳を越えてから、それが信用に変化しました。これで良かったのだ、とやっと確信したのです。ただ、若い頃の、「人を蹴落としてでも仕事を捕る」という競争には入れませんでした。人格を否定するような会社の研修も大嫌いでした。回りの人間たちが、生存競争の真っ只中で頑張っているようで、うろたえもしましたが、守るべき自分の本性は貫きました。

時は過ぎ、優しいぎんちゃんは七十歳になりました。仕事も頑張り、お金を工面し、町役場との議論を重ね、町民の理解も得られ土地の購入に便宜を図ってもらいました。あとは、どの様にこの生態系を残すか。自分の人生をふりかえると、高校生までを過

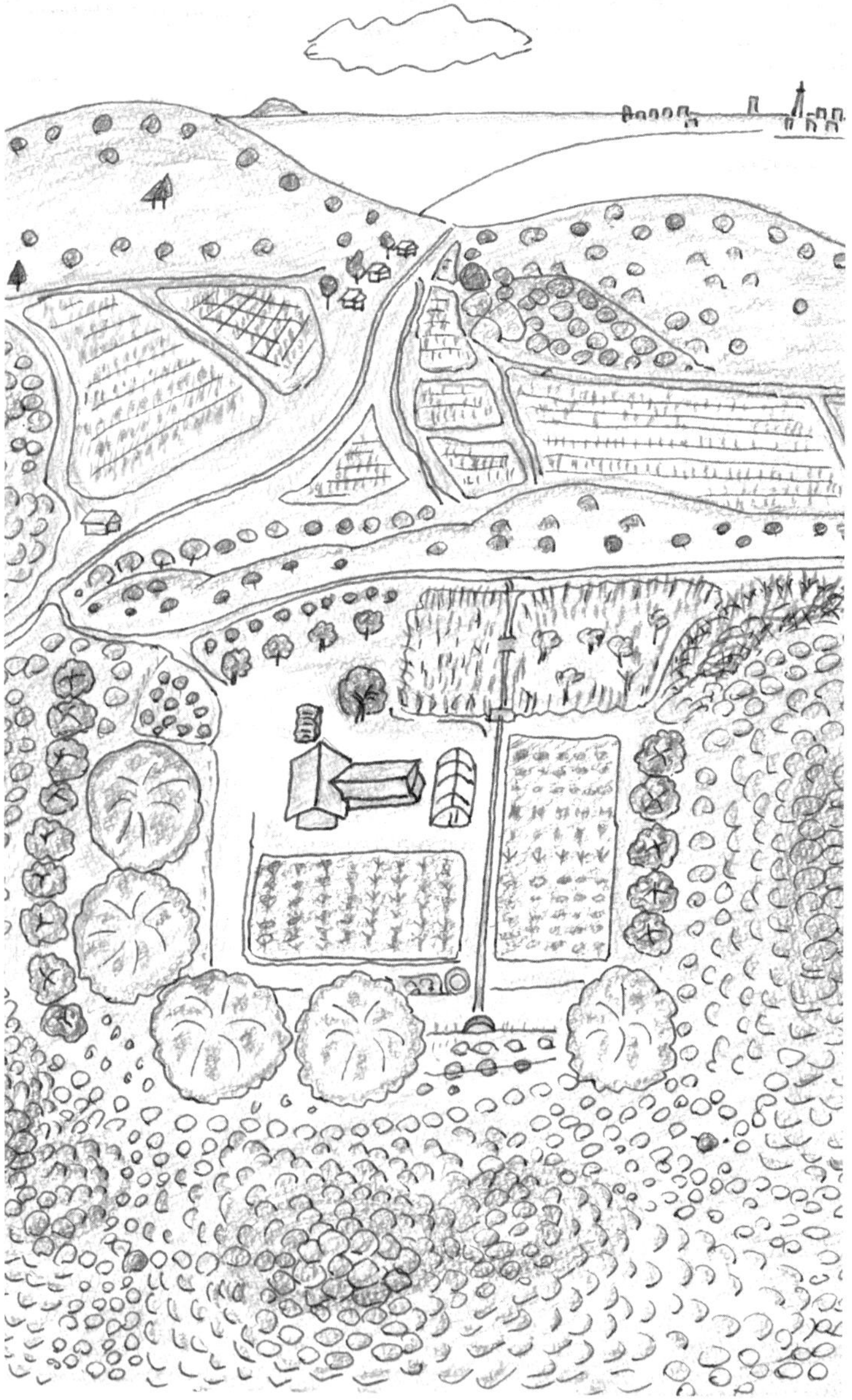

ごした田舎の自然の中での生活が、いつも元風景として蘇ります。

手付かずの自然でよい。狩猟もしない自然保護区にする。ただ、遠くから、生き物たちを眺めるのも共生といえるでしょう。繊細な自然を守り育てて、生き物たちの生きる力を学びたい。それが人間にとっての共生の具現化なのでしょう。

二十九　ぎんちゃん逝く

移住してから十五年が過ぎました。苗で移植したケヤキの木もだいぶ大きくなり、また里山の木々もうっそうとしてきています。こんな素敵な自然の下で生活ができることは本当に有難いとぎんちゃんは思っています。

ここに移住するときには、人が嫌いになっていたぎんちゃんが、今では人との関係を上手く持たなければ、この自然環境を取り戻せなかったと思うまでに変わっています。時間を掛けて心が穏やかになり、生きるのに悩んだことが多かった人生だけれど、今は清々しく自然体でいられるのは、この里山のおかげとぎんちゃんは思っています。この自然は、未来の人達への贈り物にしたいと、改めてぎんちゃんは考えています。

朝晩はすっかり寒くなりました。初冬です。囲炉裏から離れられません。最近、体の衰えも早いと感じます。自然のままに生きたかったので病院もさほど行きません。「診てもらうと病人になる。通院もいやだ。それでこの年まで来たから、もうよいだ

ろう」

ぎんちゃんはそう思っていたのです。

次の朝、多くのカラスがぎんちゃんの家の上で鳴いているのを村の人達が目撃しました。

「なんかあったね。行ってみよう！」

ぎんちゃんの家の雨戸は開けっぱなしで、なかが見えます。囲炉裏には薪が燃えていました。暖かい、囲炉裏の側でぎんちゃんが横たわって寝ているようです。

「ぎんちゃん！　大丈夫かね！」

返事はなく、ぎんちゃんは穏やかな笑顔で息を引き取っていました。

「ぎんちゃんはここにはいないね。あのカラスたちと空で遊んでるのだろう。なんか羨ましい人だったね」

村の人たちも分かっていたのです。ぎんちゃんの思いが。

「カラスさん！　もっと高いところから、急降下しておくれよ！　楽しいよ！」

「カーッ！　なんだよ、ぎんちゃんは！　死んでも厄介な人だね」

「初七日までは、この世をうろついても良いようだから、七日間は、背中に乗せてね！」

「カーッ！　わがままだね！」


実は、昨夜からぎんちゃんの家ではこんなことがありました。ぎんちゃんは体の異変に気付いていたので、囲炉裏の横に布団をひき、外は暗いのに雨戸を開け広げて、外を見ながら布団に入りました。

「カラスさんが来てくれないかな。三つだけ、カラスさんにお願いがあるので伝えたい」

案の定、いつものように猫が数匹で様子を伺いに来ていました。

「ぎんちゃん、大丈夫かい。だいぶ具合が悪そうだから心配していたよ。カラスさんも木の上で心配しているよ」

ぎんちゃんは、思っていた通りなので嬉しくなりました。

「ありがとう。カラスさんにお願いがあるので近くに呼んでおくれ」

猫は、不思議そうにカラスを呼びに行きました。カラスは、雨戸の近くまで飛んできて直ぐに何かを感じて驚きました。

「ぎんちゃん、お願いって何だい。心配だから早く言いなよ」

「カラスさん、ありがとう。話さなくても意思疎通ができるようになったみたいだね。最後に三つのお願いです。一つは、この後すぐに私は死んでしまうだろう。そしたら朝方に家の上空に多くのカラスさんの仲間を集めて、鳴いておくれ。そうすれば村の人が異変に気付いて来てくれるだろう。彼らは私の家族に連絡してくれるからね。二つ目は、七日目の夜明けに、私を背中に乗せて以前住んでいた家まで送っておくれ。家族がそこで待っているだろう。三つ目は、七日目の朝の日までこの里山を見ておきたいから、毎日背中に乗せてね。よろしく」

カラスは、なんか良くわからなくなりました。一つ目は、直ぐに皆を集められるから大丈夫と考えました。二つ目がよく分からないので、ぎんちゃんに聞いてみました。

「二つ目の七日目の朝とは何だい。死んでも生きているのかい。家族に会いたいって分からない」

「死んでも少しの間はその生き物の気が残っている。人間は七日間という日を設けて現世からあの世に移る日としているようだ。簡単に言えば完全にこの世から消えることかな」

カラスは何だかよくわかりませんが、続けて聞いてみました。

「大きな体でおいらの背中に乗れるのかい」

ぎんちゃんは、もっともらしく言いました。

「肉体から離脱してしまうから重さは無いと思うよ。それより私を見えるかどうかだね。カラスさんの鋭敏な感覚ならば分かるだろうと思うけど」

カラスは何となく理解しました。そして、三つ目のお願いを確かめようと思いましたが、すでにややこしくなっていたんで、諦めてしまいました。こんな会話が夜中にあったとは誰も知る由もありません。

いっぱいカラスの背中に乗って遊んで、七日目の朝を迎えました。カラスは、ぎんちゃんにお願いされた約束を守るために迎えに来ていますが、急かすようにぎんちゃんに言いました。

「ぎんちゃん、早く背中に乗っておくれ。姿が見えにくくなってきたから急ごうよ」

「ありがとう、カラスさん。もう眠くなってきたよ」

カラスはぎんちゃんを背中に乗せるや否や空高くに五羽で飛び立ちました。途中の土地のカラスに絡まれないよう空高くを飛行したので、うまく風に乗って驚くような速さで進みます。

カラスはぎんちゃんに聞きました。

「ぎんちゃんは、前々から都会に帰りたかったのかい？」

「そんなことないよ。みんなと一緒で楽しかったよ」

カラスは、なんだか安心して力強く飛びます。

さほど時間も掛からず、ぎんちゃんの家族が住んでいる家の前に降り立ちました。

カラスは、背中からぎんちゃんを降ろしてから言いました。

「ありがとう、ぎんちゃん」

ぎんちゃんは、少し振り向いて笑ったように見えましたが、すでに姿かたちが薄くてよくわかりませんでした。

空高くでカラスは、最後にぎんちゃんから聞いています。ぎんちゃんがまた都会に戻りたいと思っていたのは、華やかな都会の生活がしたいからではなく、長い間留守にしてごめんなさいを家族に言いたかったから、ということを。

三十　自然の里のその後

　ぎんちゃんの父の戒名は、「樹」と「林」が入る居士です。森林の大切さを理解し、若いころから生涯かけて山を購入して植林を続けました。時が過ぎ、保水力からも水害対策として評価され、勲等の受勲者であるほどです。生まれて百年を迎え、まさに成果は百年後に現れました。

　父の遺伝子を原点にぎんちゃんは生きました。ぎんちゃんの成果も百年後に現れるでしょう。ぎんちゃんはそれを知っています。それくらい長い時を費やして環境を取り戻さないといけない。百年後の未来の君たちへのメッセージなのです。

　この自然の里もすっかり自然保護区の中心となり、町の多くが保護区にまでなっています。都心に近いのに、これだけの環境が取り戻せるとのモデルケースになったようです。

　変わり者のぎんちゃんの残した世界が、誰にでも体感できるまでになっています。

自然《しぜん》の里《さと》
経緯《けいい》
2020年《ねん》に、この地《ち》に移住《いじゅう》した　いぶしぎんじさんが、
生《い》きとし生《い》けるもののために、また人間《にんげん》との共生《きょうせい》のために
造《つく》られた自然《しぜん》の里《さと》です。
2035年《ねん》より、当町役場《とうまちやくば》がこの土地《とち》の管理《かんり》を引《ひ》き受《う》けて、
自然観察《しぜんかんさつ》の場所《ばしょ》にしています。
カラスさんは
この土地の番人に
なっているんだって。
かっこいいね！

三十一　おわりに

どんな生き物も、与えられた命を全うするように、そして子孫を残すために生き抜いている。昆虫をそっと上から眺めていると、はかない命と思いながらも、確実に自分も地球生命体の一つであり、同じはかなさを知る。人間が最高の生き物と思うことは危険である。

仮に人間よりもはるかに進化している宇宙生命体が存在するとすれば、彼らは地球を要観察天体とするだろうし、暴走するようならば、それを阻止するような介入があるかもしれない。環境破壊が進む地球から、人間だけがロケットを頻繁に他の天体に飛ばして逃げ出すようならば〝人間は馬鹿な生命体〟と思われるのだろうか。いや〝薄い大気の中ではもはや有機生命体の存続はこの先不可能〟と結論付けられるのだろうか。どちらにしても、環境破壊による地球存続のデッドラインは近く、待ったなしで対策を講じる時であることは確かだ。

守るのは、生命の進化を一緒にしてきた生きとし生けるもの全部です。未来の君達から"生物多様性という言葉だけが残され、実際には多くの生物が絶滅してしまった人間優先の時代"と記録されたくはない。また、愚かな人間たちの時代と言われるのも、私は本当に避けたい。

著者紹介

黒沢賢成（くろさわ けんせい）

１９５５年　群馬県生れ。浅間山、草津白根山の自然の中で育つ。
１９７１年　高校時代にオートバイ事故で永らく休学する。その間、将来の仕事を自然相手か時流の製造業にするかで悩む。
１９８０年　輸送機器メーカーに入社。開発、営業、法令遵守プロジェクト、海外業務などに従事。海外業務では本業以上に各国の自然観察に心を躍らせる。
２０１５年　定年退職後、さいたま市と埼玉県の環境保全の可能性に魅せられて、さいたま市で農業を始める。また同時に、今までの人生を振り返りながら、農業を舞台にした寓話作品作りを始める。

ぎんちゃんの
生《い》きとし生《い》けるものとの対話《たいわ》

2021年6月29日　第1刷発行

著　者　　黒沢賢成
発行人　　久保田貴幸

発行元　　株式会社 幻冬舎メディアコンサルティング
〒151-0051　東京都渋谷区千駄ヶ谷4-9-7
電話　03-5411-6440（編集）

発売元　　株式会社 幻冬舎
〒151-0051　東京都渋谷区千駄ヶ谷4-9-7
電話　03-5411-6222（営業）

印刷・製本　シナジーコミュニケーションズ株式会社
装　丁　　森谷真琴

検印廃止

Printed in Japan
ISBN 978-4-344-93389-7　C0093
幻冬舎メディアコンサルティングHP
http://www.gentosha-mc.com/